Nihonjin

FÓSFORO

OSCAR NAKASATO

Nihonjin

2ª reimpressão

Em memória de Yasuo Nakasato.

Para Emiko Nakasato, que me acompanha sempre.

Para Elzinete e Juca, que leram antes.

Yū batake kuwa wo tomerazu
oya no te wo miiru kodomo ni
tasogare fukashi

O lusco-fusco aprofunda
a figura do menino olhando
as mãos do pai
que não larga a enxada.

(Bosanjin, 1928)[*]

[*] Comissão de Elaboração da História dos Oitenta anos de Imigração Japonesa no Brasil, *Uma epopeia moderna: 80 anos da imigração japonesa no Brasil*. São Paulo: Hucitec/Sociedade Brasileira de Cultura Japonesa, 1992, p. 108.

9 Sei pouco de Kimie

37 Em uma conversa na sala da casa do tio Ichiro, regada a café aguado da tia Tomie, *ojiichan* disse que naquela época já não tinha certeza de que retornaria ao Japão

48 Na escola rural, na estrada poeirenta, retornando à casa em meio aos moleques, na colheita de café, Haruo era japonês

66 *Ojiichan* esteve preso uma vez

80 Às vezes, penso em ir vê-la

106 Lave a sua garganta, traidor

128 Ainda não contei aos meus amigos do grupo de estudos sobre marxismo que irei ao Japão trabalhar como operário

Sei pouco de Kimie

Há uma fotografia dela em preto e branco na casa de tio Ichiro, as bordas cortadas em pequenas ondas pontudas, amarelada, em meio a tantas outras igualmente antigas, perdida numa caixa de camisa. Quem se lembra dela? Homens e mulheres se instauram em algum momento, depois o tempo impõe os extravios. O tempo — sua reta inflexível como o traçado de uma flecha certeira no ar, sua norma inquestionável e singular — vai manchando as imagens, apagando algumas, gravando ruídos no verbo, e logo se duvida do que foi dito, ou se necessita preencher as elipses, realçar os contornos para que se possa ver, ou inventar traços e cores em folhas em branco. Não se pode fiar em palavras, mesmo as de vovô, em cujas lembranças procuro os vestígios de Kimie, e mesmo as de tio Ichiro, que registrou um vago perfil da primeira esposa do pai porque algumas vezes ele lhe falou sobre ela. Mas é o que tenho além da fotografia desbotada, onde a vejo: baixinha, magrinha, encolhida ao lado de *ojiichan*, pronta para o trabalho, metida num vestido claro, abotoado até o pescoço, de mangas longas fechadas no punho, e numa calça amarrotada. Na cabeça e no pescoço, lenços para se proteger do sol. Seus olhos assustados não se fixavam à câmera, embora olhasse para a frente. Ao fundo, a fachada principal da casa velha, de madeira escurecida pelo tempo e pela sujeira, onde morava.

Tio Ichiro me contou algumas coisas dela que o vovô havia lhe dito muito tempo atrás, coisas de que o próprio *ojiichan* se esquecera: que se afeiçoara a uma galinha e se recusava a matá-la, que a levara ao meio do mato e a soltara para não ser obrigada a sacrificá-la; que um dia, ao puxar o rastelo de baixo de um pé de café, trouxera junto com as folhas uma cobra-cega e então desmaiara; que fizera amizade com uma negra que morava na colônia, uma negra que fazia rezas e chás e curava doentes. E me pus a imaginar como se tornariam amigas uma imigrante japonesa que chegara havia pouco tempo do Japão e uma mulher negra na segunda década do século 20.

Ojiichan, comparando Kimie com a vovó, disse que eram muito diferentes, que ela, Kimie, era medrosa, fraca, que não servia para o trabalho duro da lavoura. E falou, rindo um riso que não ria havia muito tempo, um riso que trazia do passado distante, que ela ficou esperando pela neve no Brasil. Eu me surpreendia enquanto o riso ia se transformando em um sorriso melancólico. Agora via nas marcas de expressão de seu rosto e nos olhos cansados uma mágoa que trazia daquele passado. Eu disse:

"Gostaria de ter conhecido essa mulher."

"Para quê? Não fazia nada direito, mal falava."

Mas gostei de Kimie, interessei-me por ela. Pensei nela como personagem, alguém que nasceu da espera pela neve numa fazenda, no interior de São Paulo.

Eu a encontrei, primeiro, no navio, na longa viagem do porto de Kobe, no Japão, ao porto de Santos, no Brasil.

Calada. Assim eu a imaginei: ao lado de Hideo, o marido, sempre calada, cabisbaixa, encaramujada. Os cabelos estavam presos, mas mal-arrumados, com fios desalinhados. Usava um quimono pobre, de tecido claro, com bolinhas rosadas, que ia até os tornozelos. Nos pés, meias brancas e chinelos com base de palha e tiras de pano. Parecia, então, menor do que realmente era. Quase inexistente.

Depois — era outra hora, provavelmente um fim de tarde — eu vi os homens conversando animadamente sobre seus planos. Um, ao lado de Hideo, falava alto para que todos conhecessem seu projeto, para que todos compartilhassem dos seus sonhos: ficar no Brasil durante quatro, cinco anos.

"Os anos passam depressa", disse sorrindo, ao mesmo tempo em que se preparava para fumar um cachimbo.

Depois, com bastante dinheiro no bolso, abrir um pequeno restaurante em Yokohama, servir sashimi com um shoyu especial que sua mulher, só ela, sabia fazer.

"Não é mesmo, Marichan?"

Deixar os concorrentes transtornados.

"Não é mesmo, Marichan?"

A esposa, um pouco distante, em conversa com outras mulheres, mas atenta ao marido, concordava:

"*Hai.*"

Outro, fungando a coriza do resfriado que contraíra no porto de Kobe, onde ficara bastante tempo sob uma chuva fina, disse que queria voltar para a lavoura de arroz, que lavrar a terra era a única coisa que sabia fazer.

Um terceiro lamentava a queda da exportação da seda para os Estados Unidos, pois a sua família tinha uma criação de bicho-da-seda e de repente não podia produzir mais, não tinha mais compradores, e não restara outra saída senão ir ao Brasil. Ia com o pai e os dois irmãos. A mãe ficara no Japão, na casa da avó. Fora reprovada no exame médico obrigatório realizado alguns dias antes da viagem porque estava com tracoma. Não sabia que os olhos vermelhos, cheios de muco, constituiriam um impedimento para viajar ao Brasil com a família. Mirando o piso do convés, o homem lamentou, disse que era tudo um grande sofrimento, pois nunca pensara em sair do Japão, que deixara a mãe aos prantos no porto, que queria voltar logo, o quanto antes, depois abrir em sociedade com os irmãos e o pai uma marcenaria para fabricar mesas, armários, prateleiras, que quando era criança gostava de brincar com madeira.

Um quarto homem, de cabelos longos e cavanhaque, o rosto muito sério, figura próxima àquelas que se vê em filmes de samurai, esfriou o ânimo dos demais. Sussurrou primeiro um sussurro que não era humano, que era um lamento de animal desterrado, incompreensível. Depois disse, como se dissesse para si mesmo, que após a partida ficara na amurada por longo tempo olhando o porto, as pessoas acenando, algumas balançando bandeirinhas, tornando-se cada vez menores à medida que a embarcação se afastava, enquanto, no navio, homens e mulheres ainda gritavam *banzai*, e não dava para saber se festejavam ou lamentavam aquela viagem. Depois a vista foi se estendendo, e então o que se via era a cidade, que também foi encolhendo. Pensou que nunca mais veria o Japão, por isso não saiu da amurada até o mar engolir a última mancha esverdeada de uma montanha distante.

Os outros homens o ouviram assustados, surpresos com aquele prenúncio de um futuro em exílio.

"Não seja tão pessimista", disse alguém.

Não era pessimismo, prosseguiu o homem. Era uma forma de pensar no porvir para não ser surpreendido. O Brasil ficava do outro lado do mundo, um lugar inimaginável, por mais que lhes dissessem que era uma ótima terra para se ganhar dinheiro. Um país desconhecido, com homens estranhos, que poderiam ser violentos, que poderiam querer impor normas difíceis ou até impossíveis de serem cumpridas por japoneses. Um país subdesenvolvido, onde poderia haver epidemias. Não lhes haviam dito se haveria médico quando alguém ficasse doente, se haveria um navio que traria de volta aquele que não se adaptasse ao trabalho na lavoura de café, se haveria a quem reclamar se um *nihonjin* fosse maltratado. Era um artista, sua mão estava acostumada a segurar pincéis leves e a traçar singelamente riscos sobre peças de barro.

Uma voz se impôs, interrompendo:

"Desculpe dizer, Kimurasan, mas ter uma ideia tão negativa a respeito de nossa ida ao Brasil é falta de patriotismo, é um desrespeito ao imperador. Ele quer que emigremos, que fiquemos um tempo em terra estrangeira, mas que voltemos depois, com bastante dinheiro, e ajudemos no desenvolvimento do país. Será a nossa contribuição. E ninguém vai pensando que encontrará um trabalho fácil, que não será exigido suor. O governo não nos enganou dizendo que ganharíamos dinheiro com arte. Se Kimurasan não aguenta empunhar uma enxada, não deveria estar neste navio."

Era a voz de *ojiichan*.

Houve um breve constrangimento, ninguém sabia o que dizer. O homem de cabelos longos e cavanhaque prosseguiu:

"Inabatasan, sei muito bem que uma enxada pesa mais que um pincel e que no Brasil vou fazer o meu traçado sobre a terra, não mais sobre vasos e bules de chá. Não é o que me preocupa, eu já fui lavrador e sou jovem e forte para aguentar o trabalho duro sob o sol. O que me deixa apreensivo é que lavraremos uma terra alheia, estrangeira, e obedeceremos às ordens dos donos dessa terra, que não conhecemos. Os meus vizinhos sempre foram *nihonjin*, eu ia ao mercado e era um *nihonjin* que me vendia cereais, eu ia comprar tinta e era um *nihonjin* que me atendia, conversava comigo em *nihongo*."

"A gente aprende a falar brasileiro", arriscou alguém.

"Veja, nem isso vocês sabem. No Brasil não se fala brasileiro, lá se fala português, porque o país foi colonizado por portugueses. E não se aprende a falar uma língua estrangeira de um dia para o outro. Vocês devem se preparar para um começo de dificuldades para não serem surpreendidos."

Sem falar mais, o homem se afastou. Então *ojiichan* sorriu: "Vamos ao Brasil contentes, cheios de esperança. Não podemos permitir que um pessimista como Kimurasan contamine o nosso ânimo."

Todos o aplaudiram, e logo o ar pesado se desanuviou. Hideo prosseguiu, agora sobre os seus projetos pessoais: teria uma loja de utensílios domésticos em Tóquio ou Osaka, já que o Japão estava se industrializando, fabricando peças em série, e precisava de comércio para vendê-las. Teria três ou quatro funcionários, quem sabe meia dúzia. Seria patrão. Daria à mãe, que já sofrera tanta penúria, um pouco de conforto. Falar da mãe embargou-lhe a voz, calou-se por um instante, mas logo se animou novamente. Disse que a loja teria uma grande variedade de produtos, todos de boa qualidade, pois seu comércio teria fregueses da alta sociedade. Não perguntou a opinião de Kimie. Ela teria gostado que lhe dissesse: "Não é mesmo, Kimichan?". Responderia que sim, com sinceridade, ou simplesmente sorriria e acenaria com a cabeça, concordando.

Hideo continuou:

"No Japão, só ganham dinheiro com a agricultura os latifundiários."

E se dirigindo ao homem que pretendia voltar à lavoura:

"E Hanadasan não está pretendendo comprar um latifúndio, não é?"

Riu. E prosseguiu em tom professoral, dizendo que os pequenos proprietários estavam à míngua, que os impostos eram elevados, que o governo apoiava mais a indústria. É claro que alguém deveria produzir alimento para o povo, mas que se encarregassem disso os grandes proprietários. O governo investira na construção de usinas geradoras de energia, em indústrias de fiação de algodão e em siderúrgicas para o país se modernizar. "A vida agora acontece na cidade", completou.

Kimie, sentada sobre as pernas, as mãos pousadas uma sobre a outra, pensava que preferiria, como Marichan, abrir um pequeno restaurante, onde poderia se dedicar a preparar as iguarias que sua mãe lhe ensinara a fazer, enquanto o marido se encarregaria do atendimento e do caixa. Logo, porém, desviou suas ideias para a loja de utensílios domésticos, pois desejar outra coisa seria inútil. Então sonhou com a loja, mas sem saber se era a mesma que habitava as expectativas do marido. Seria bom viver entre panelas, hashis, colheres, jarros, canecas, tigelas, vassouras, cestos, talvez algum vaso, pois vasos, embora não fossem úteis para os homens e as mulheres, alegrariam os olhos. Seria bom dispor as peças nas prateleiras, limpá-las, vendê-las para que alguém vivesse melhor com elas.

Depois, quando o navio chegou ao porto de Santos, vi Kimie se espremendo em meio a homens e mulheres maiores que ela, procurando um espaço na amurada. Primeiro a surpresa agradável da recepção feita pelos japoneses que já moravam no Brasil, a alegria de ver tremulando no ar pequenas bandeiras brancas com a bola vermelha no centro, a confortável sensação que substituiu o desassossego que estava sentindo desde que o capitão anunciara que o navio estava próximo de terras brasileiras. Logo as outras caras, criaturas estranhas, e principalmente, a visão assustadora dos negros, estivadores carregando enormes cargas, gente jamais imaginada, nunca vista em gravuras de livros.

Após a pequena confusão para cada um encontrar a sua bagagem, todos foram de trem a São Paulo, para a Hospedaria de Imigrantes, no bairro do Brás. No trajeto, Kimie olhava pela janela do vagão com o olhar curioso do estrangeiro: a mata cerrada, as árvores se enroscando umas nas outras em encontros promíscuos, confundindo-se na paisagem com seus galhos-braços envolvendo as vizinhas em abraços, os cipós finos e os cipós grossos assegurando que esses encontros fossem duradouros, as bananeiras e suas enormes folhas, os manacás se destacando em meio ao verde em branco e rosa, os coqueiros eretos, elegantes. Depois a paisagem urbana da metrópole: o amarelo pálido dos prédios e dos casarios, os homens em roupas escuras e passos rápidos, os bondes recolhendo e deixando gente nas ruas. Kimie perguntava algumas coisas a Hideo, não tudo, pois era esposa, e sua curiosidade era maior que a paciência do marido. Hideo respondia o que sabia com o orgulho de quem sabe e o que não sabia com o orgulho de quem não sabe. Kimie entendia algumas coisas, outras não, pois as explicações não eram sempre claras, mas não repetia nenhuma pergunta, conformava-se com os fragmentos.

Ao deixar a hospedaria no dia seguinte, um funcionário lhe disse algumas palavras, e um intérprete da Companhia de Imigração, que estava a seu lado, traduziu a frase: que eles, os japoneses, eram bem-vindos, que eram todos muito educados, muito organizados, e que seria bom se todos os imigrantes fossem assim. Ela disse, então, pela primeira vez, uma palavra em português:

"Obrigada."

O intérprete lhe explicou em seguida que o mesmo funcionário havia se queixado de outros imigrantes, que deixavam os quartos sujos e desarrumados.

Depois, outra viagem de trem, agora de São Paulo para o interior. Na moldura da janela, apareceram os primeiros cafezais. Hideo, como quem sabia, explicava à esposa:

"Veja, é o café."

Após a viagem de trem, o desembarque na pequena estação do interior, mais alguns quilômetros na carroceria de um velho caminhão, e, finalmente, vi Kimie na casa da fazenda, na casa da fotografia.

"*Ojiichan* lembra o nome da fazenda?"

"Ouro Verde."

O nome da fazenda era a promessa que lhes haviam feito no Japão, metonímia de uma terra sem fim, onde faltavam braços para arrancar de suas entranhas a riqueza que oferecia.

Kimie desceu em frente à casa que lhe havia sido destinada, sentiu os sapatos afundarem no pó. Depois observou a casa acanhada, de madeira encardida pelos anos, a mancha escurecida pelos respingos da chuva na parte inferior formando um largo rodapé, as janelas de duas folhas fechadas. Ao lado da porta havia uma pequena estrutura retangular de madeira, uma caixa sem fundo e sem tampa, em que estava fixada uma enxada com o fio voltado para cima. O capataz que os acompanhava percebeu a curiosidade de Hideo e logo se pôs a demonstrar a serventia daquele instrumento: ergueu a botina, colocou-a sobre a lâmina cega e realizou movimentos de vaivém.

"É para limpar os sapatos em dias de chuva", explicou.

Depois ele abriu a porta, e Kimie sentiu o forte odor que exalava do interior, um cheiro que lhe parecia um pouco de urina, um pouco de comida estragada. Antes de entrar, ergueu os olhos para o marido: era mesmo essa a casa que habitariam? Hideo compreendeu a angústia no olhar de Kimie, porém não disse nada, pois o próprio desapontamento já lhe custava muito. Fez uma pequena pressão em seu ombro para que entrasse, e ela procurou a solidariedade de Jintaro.

"Não era o que esperava, não é, Kimichan? Não podemos fazer nada, é melhor nos conformarmos."

O capataz abriu as janelas, disse que logo o cheiro se dissiparia, que a casa ficara muito tempo fechada, e como os novos moradores o olhavam sem entender o que dizia, caiu em si, riu, apertou o nariz com o indicador e o polegar, e com a outra mão, aberta, fez um movimento em direção à janela. Kimie riu, Hideo e Jintaro também riram: era engraçado e hospitaleiro o capataz.

Depois vi Kimie observando o piso de terra batida: os sulcos desenhando mapas no chão, o esboço de seu país no centro da sala. Ela examinou as cortinas penduradas em arames isolando dois cômodos que ficavam ao lado, uma gravura com árvores e morros esquecida pelos ex-moradores fixada com pregos na parede. Foi ao aposento do lado, que lhe parecia ser um quarto, mas sentiu falta de um armário para guardar as roupas e de uma cama. Então, sem lembrar que o capataz não entenderia suas palavras, perguntou-lhe sobre os móveis e, mesmo depois que ele lhe demonstrou com o semblante que nada compreendia, seguiu cobrando, quase chorando, perguntou onde dormiriam, onde guardariam suas roupas. Em seguida fez gestos, e o capataz entendeu, disse que não havia móveis. Falou devagar, traduzindo as palavras com a mão, que apontava o piso duro. Explicou que os colonos deveriam fabricar as camas, os armários, as prateleiras, a mesa, as cadeiras, que havia madeira na fazenda, ou então que fossem à cidade comprar os móveis. Se não tivessem colchões, poderiam usar palha de milho, era o que a maioria fazia.

Quando o capataz acabou de falar, Kimie ouviu Mariko, que seria sua vizinha, dizendo em voz alta ao marido que não ficaria, que ele havia prometido uma casa de alvenaria, o soalho de tijolos.

"Vamos deixar tudo no chão por enquanto", disse Hideo. "Depois fabricaremos os nossos móveis, não compraremos nada, não podemos já gastar o pouco dinheiro que temos."

Na primeira noite, estenderam panos sobre o chão para dormir. Hideo observou a esposa e sentiu pena:

"Me desculpe, Kimichan, eu não esperava que fosse tão difícil."
Kimie se virou para o marido, surpresa. Hideo nunca lhe falava assim, com a voz terna, e nunca lhe pedia desculpas por nada.

Não tiveram dificuldades em adormecer, apesar do desconforto, porque estavam muito cansados. Quando acordaram, porém, sentindo dores no corpo, decidiram que era urgente providenciar colchões.

O capataz levou Hideo, Kimie e Jintaro ao paiol e lhes explicou com gestos o que deveriam fazer: debulhar trinta espigas de milho para ganhar, em troca, a quantidade suficiente de palha para os colchões. O tecido para as capas poderia ser adquirido no armazém da fazenda a um preço bem baixo.

A primeira manhã na fazenda: debulhar o milho e ficar com as mãos esfoladas, rasgar as palhas de milho em pequenas tiras, recortar as partes duras da base, descartá-las, recortar o tecido de algodão ordinário com a tesoura cega, costurar dois sacos, um pequeno para Jintaro, outro grande para Hideo e Kimie, recheá-los de palha.

À tarde, quando acreditavam que poderiam se dedicar à fabricação dos móveis, foram convocados à lavoura. Era hora de aprender a capinar. Os japoneses ficaram em torno de um colono, orgulhoso em sua função de mestre. Com uma enxada nas mãos e falando muito, esquecendo-se de que aqueles aprendizes não podiam compreendê-lo, pôs-se a ensinar com palavras e gestos: curvar um pouco o corpo — não muito —, estender a enxada rente ao chão, puxá-la com algum esforço para afundá-la e arrancar a erva daninha, depois revolvê-la para evitar que, encoberta pela terra, voltasse a brotar.

"A senhora, experimente", disse a Kimie.

Ela entendeu o que significava a enxada estendida em sua direção. Timidamente pegou o instrumento agrícola, que lhe pareceu mais pesado que nas mãos do homem. Não soube como manejá-lo, atrapalhou-se ao tentar afundá-lo na terra. Então Hideo tomou o instrumento das mãos dela e arrancou algumas ervas daninhas com uma enxadada.

"É assim que se faz!"

O capataz distribuiu enxadas para todos, e todos passaram a tarde capinando.

"*Ojiichan*, só tinha *nihonjin* na colônia?"

Não. Havia italianos, havia brasileiros. Vovô se lembrava pouco dos italianos. Disse das festas que faziam, da alegria incomum em trabalhadores que lavravam terra alheia em um país que não era deles. Mas eu os conhecia dos meus livros de história, dos filmes sobre a imigração italiana. Então pude vê-los: de manhã, quando iam para o cafezal, já cantavam cantigas alegres num grande coro de vozes de homens e mulheres. E à noite se juntavam no terreiro, comiam batata-doce assada na fogueira, comiam bolos, bebiam vinho, cantavam e dançavam. Aos domingos, Hideo e os outros japoneses estavam ocupados com a horta, com os remendos das roupas, recebiam as visitas no quarto, onde, descalços, acomodavam-se na cama para lembrar o Japão, para confessar as frustrações e redefinir projetos. E os italianos levavam bancos e tocos à sombra das mangueiras, ficavam sentados, conversando, gozando o dia de folga. Alguns iam ao terreiro, onde haviam improvisado uma pista para o jogo de bocha. E todos falavam muito alto, falavam muito rápido, falavam muito, homens e mulheres, todos ao mesmo tempo, e Hideo não sabia como podiam se entender daquele jeito.

Eu percorri a colônia, observando as casas. A última era a da Maria, a negra com quem Kimie fizera amizade. Parei, fiquei longo tempo em frente à casa de porta fechada, igual às outras, construída para abrigar homens e mulheres trabalhadores. Então a porta se abriu, e pude ver a sala. Vi uma pequena mesa, ao redor da qual havia dois bancos e duas cadeiras, e neles seis pessoas podiam se sentar. Sobre a mesa se estendia uma toalha alegre, com estampa de flores, e sobre ela havia uma moringa de barro e, ao redor da moringa, três canecas de alumínio. Nas paredes, em todas, estavam penduradas gravuras de diversos tamanhos, algumas de santos e santas, outras de montanhas e rios e árvores. Num canto da sala, encolhido, um cachorro magricela e sujo dormia, sem se incomodar com as moscas pousadas ao redor dos olhos. Surgiram depois os moradores: um homem negro, uma mulher negra e duas crianças negras. O homem era forte e sereno. As crianças eram alegres, o menino com uma camisa pequena, o umbigo à mostra, um calção rasgado, e a menina com um vestido reto, em que se usou pouco tecido, quase um tubo. A mulher: altiva, sorridente, bela. Imaginei Kimie no segundo dia, na fazenda, quando abrira a porta ao escutar dois toques leves e dera de cara com aquela mulher alta, forte, de uma cor inacreditavelmente escura, sorrindo, os dentes brancos em contraste com a pele, dizendo alguma coisa.

"Eu sou a Maria. Vim desejar boas-vindas."

Assustada, com medo, Kimie fechou a porta com força. Que gente era aquela? E foi falar ao marido, que abrira a janela. Então viram, aliviados, que a mulher ia embora, caminhando com passos firmes, sem olhar para trás.

"Não se meta com essa gente", disse Hideo. "Me disseram que os negros foram escravos no Brasil, que têm raiva de todos os que não são como eles. São uma gente menor, de baixo valor."

Kimie viu Maria outras vezes, e o seu marido e os seus filhos. Ela, a mulher que lhe sorrira, que lhe dissera alguma coisa, não lhe dirigiu mais o olhar. Na lavoura, observava a preta peneirando o café e constatava que ela o fazia melhor que os homens. Gostava de vê-la lançando os grãos para o alto como se estivesse dançando, esperando o café retornar à peneira, as folhas secas e os pauzinhos voando, desprezados. O marido, um pouco distante, cantava:

Eu quisera sê penêra
Na coiêta do café,
Pra andá dipindurado
Nas cadêra das muié.

E ela respondia:
"E eu bem que gostaria de dar com o cabo da enxada na sua cabeça, seu sem-vergonha!"
Kimie se arrependeu de ter fechado a porta na cara da mulher. Aquele sorriso, aquelas palavras, provavelmente eram uma saudação. E depois de vê-la muitas vezes, sempre carinhosa com os filhos, andando de mãos dadas com o marido, carregando enxadas e rastelos, acostumou-se com a sua cor, não tinha mais medo. Hideo a alertou mais uma vez:
"Não se meta com essa gente, eles têm raiva de nós."
Por isso demorou meses para procurá-la, para se desculpar, dizer que não era costume seu tratar os outros sem educação. Aproveitou uma hora em que o marido estava no ofurô — haviam construído um ofurô fora de casa, junto com os Kawahara, seus vizinhos, aproveitando a habilidade de Jintaro, que trabalhava como carpinteiro no Japão; e todos os dias, frios e quentes, preparavam o banho, e todos de sua família e da família de Kawaharasan se banhavam, e, às vezes, ainda vinham outros vizinhos — e foi à casa de Maria, carregando um repolho enorme colhido em sua horta. Deu duas batidas leves, tão leves que diziam que não queria ser atendida, mas a porta logo se abriu. E aquela mulher grande que tanto a assustara da primeira vez, olhou-a, surpresa. Kimie pensou que ela fosse bater a porta na

sua cara, era natural que o fizesse, mas Maria ficou parada, o rosto sério, aguardando que dissesse alguma coisa. Então, com voz muito baixa, que era a voz que tinha, disse em um português quase incompreensível, misturado a algumas palavras em japonês, que o repolho era de sua horta, que se chamava Kimie, que a desculpasse por aquele dia, que ficara assustada, pois para ela tudo era estranho no Brasil. Então, para seu alívio, Maria lhe exibiu um sorriso grande como ela, de cima para baixo, pois ela era alta, e Kimie, baixinha. E disse para Kimie entrar, fazendo gestos amplos para que a outra compreendesse, disse que lhe prepararia um café, que lhe desculpasse, não tinha nada para dar em retribuição, que nunca tinha visto um repolho tão grande e bonito. Kimie sorriu o seu sorriso pequeno — não que fosse pequeno o seu contentamento, mas era o sorriso que sabia sorrir — e disse que precisava ir embora. Não disse mais nada, pois já era muito para a primeira conversa, e Hideo não poderia sentir a sua ausência.

E as duas, a japonesa e a negra, tornaram-se amigas.

Hideo ficou sabendo da aventura de Kimie: levar um repolho para a família de negros da colônia. Irritou-se:

"Não tinha dito para não se meter com eles? Não lhe disse que eram uma gente ignorante, que poderiam ser perigosos?"

"Não são", respondeu Kimie. "São trabalhadores como nós."

"Mas eu proíbo você de voltar lá, de conversar com eles!"

Kimie respondeu que sim. E no dia seguinte, quando Maria a cumprimentou, ela disse um bom-dia nervoso, baixo, receosa de que Hideo percebesse. Depois, na lavoura, aproveitando um momento de distração do marido, aproximou-se da mulher, disse-lhe que não poderiam mais conversar. Maria compreendeu, afastou-se. Mas algumas semanas depois, quando percebeu que Kimie se incomodava com uma coceira no pé, que os japoneses se juntavam em torno dela sem compreender o que ela tinha, aproximou-se, desculpou-se com Hideo, pediu para olhar e disse que era bicho-de-pé, que não era nada, que, se lhe permitissem, iria à noite a sua casa com uma agulha e resolveria o problema. Hideo disse não, tentou se explicar, mas não conseguia formular a frase em português, dizer que resolveria o problema sozinho, e por isso disse simplesmente não. Maria insistiu, Kimie pediu ao marido que a deixasse ajudá-la. Hideo se manteve firme:

"Não!"

Quem resolveu o problema foi Paola, da primeira casa de italianos da colônia, que foi à casa de Kimie e cavoucou o seu pé com uma agulha de costura e disse que fora Maria quem lhe ensinara. E disse ainda que Maria conhecia rezas para várias enfermidades e fazia chás de ervas que curavam cólicas, dores de cabeça e outras dores.

Um dia, Kimie ficou muito doente, queixou-se de grande cansaço, teve febre, e todos disseram que Hideo precisava levá-la ao médico, mas ele não achava necessário. Que ela descansasse alguns dias, que ela só era uma mulher fraca e despreparada para o labor sob o sol. E ele se resignou com o fazer a comida, pois duvidava que Jintaro o conseguisse, e falou para ele lavar os pratos e as panelas. Então, quando estava a sós com o amigo, disse aquilo: que Kimie não tinha jeito, que deveria ter se casado com uma mulher forte, que aguentasse o trabalho na lavoura, que estava perdido com ela.

Uma noite, Maria apareceu na casa de Kimie sem ser chamada, e quando Hideo, ainda na porta, disse que não precisava da ajuda de ninguém, alertou que sua esposa poderia morrer, e que, se ela morresse, ele seria o culpado, e disse mais outras coisas que ele não compreendia. Mas ele compreendeu, sim, que Maria estava ali para ajudar, que ele não teria paz se Kimie morresse. Então aquele homem, que sempre falava alto, que era uma rocha, afastou-se, ficou ao lado do amigo Jintaro, de pé, humilhado, olhando Maria, que era mulher, que era *gaijin*, que era negra, mas era grande, maior que ele, ajoelhada aos pés da cama de Kimie, com a mão direita sobre a sua cabeça, afastada um palmo, sussurrando algumas palavras. Em seguida disse que teria que buscar umas ervas em casa, e foi, e voltou logo com umas folhas de boldo e carqueja, despedaçou-as com as mãos, juntou tudo numa caneca com água. Kimie tomou o chá, obediente. Depois Maria explicou a Jintaro e Hideo: ela traria mais ervas no dia seguinte, eles deveriam preparar o chá conforme tinham visto, e Kimie precisaria tomá-lo três vezes ao dia. No segundo ou terceiro dia, ela estaria boa.

No dia seguinte, Kimie despertou cedo. Sentiu o aroma de café que vinha da cozinha, viu os raios tênues de luz que se infiltravam no quarto pelas frestas da janela: estava bem. Foi à cozinha, viu Hideo coando o café.

"Kimichan, volte para a cama."

Argumentou que estava melhor. Ele pousou a mão aberta sobre a sua testa, a mão que aprendera a usar como termômetro, e constatou que ela ainda tinha um pouco de febre, então insistiu para que descansasse mais, pois precisava se recuperar totalmente para cumprir as suas obrigações.

Mais um dia de cama, e Kimie estava curada. Ela preparou o café da manhã de Hideo e Jintaro, preparou o almoço. Então, após o trabalho na lavoura, Hideo colheu muitos tomates e dois repolhos grandes, pegou um frango no quintal, levou-os à casa de Maria. Curvou-se três vezes diante da mulher, estendeu os presentes, agradeceu:

"Kimichan agora está boa."

Ela disse que ele não precisava ter se incomodado, que fizera o que fizera porque sabia rezas e chás, que se Deus lhe dera a oportunidade de aprender a rezar e a fazer chás era para ajudar aqueles que precisavam, e que, além disso, Kimie era sua amiga, e lhe queria muito bem. Hideo entendeu um pouco, entendeu que ela gostava de sua esposa, e disse em japonês, misturando algumas palavras em português, que era seu dever retribuir, que seria muito vergonhoso ficar devendo um favor, e pensou que a vergonha era maior quando se devia um favor a alguém inferior, a uma mulher negra descendente de escravos, mas isso não disse. Curvou-se mais vezes, e Maria, que entendera poucas palavras, mas compreendeu que era um gesto de agradecimento, aceitou os tomates, os repolhos e o frango.

Em casa, Hideo disse a Kimie que já não deviam nada a Maria e que não aprovava a amizade das duas, que não deviam se misturar, pois os negros eram uma gente de valor menor.

Depois vi Kimie cuidando da casa, e a casa não era muito diferente daquela que encontraram no primeiro dia, embora houvesse na entrada dois canteiros de margaridas que ela plantara, um canteiro de cada lado, e estavam floridos, e as pétalas alvas contrastavam com as paredes sujas. Na sala não havia mesa e cadeiras como na casa de Maria, por isso sobrava um grande vazio no meio. Havia um estrado de madeira encostado à parede com sacos de mantimentos, enxadas e rastelos apoiados num canto, chapéus e lenços pendurados em pregos, cabaços amarrados em barbantes, também pendurados em pregos, enormes buchas espalhadas pelo chão.

À hora do jantar, Kimie estava na cozinha, de pé, ao lado do fogão de lenha, onde ficavam as panelas. Hideo e Jintaro estavam sentados à mesa e comiam nos pratos fundos, esmaltados: couve colhida na horta, carne do frango que crescera solto no quintal e arroz comprado no armazém com pedaços de batata-doce, pois só arroz era muito caro, e não precisavam comprar batata-doce, já que havia plantações que se espalhavam pela fazenda. Uma vez por semana, comiam quiabo com shoyu, e não podia ser mais que uma vez por semana, não por causa do

quiabo, pois quiabo havia muito, e se gostassem podiam comê-
-lo temperado com sal, mas porque shoyu era caro. Kimie observava os dois homens comendo e, quando algum prato ficava vazio, pegava-o e o enchia novamente. Até que Jintaro avisou:

"Já chega, obrigado."

Depois Hideo:

"Já chega."

Então era a sua vez de comer. Enchia o prato com gestos delicados, quase como se não tivesse direito à comida que preparara enquanto os homens da casa estavam no armazém bebendo pinga e contando vantagens. A mão delicada segurava desajeitadamente a colher de ferro recoberta de zinco, pesada demais para quem estava acostumada a usar hashi de bambu. Os homens continuavam à mesa, conversavam sobre o dia no cafezal. Hideo falava sobre o sol inclemente, Jintaro dizia que suas mãos estavam doloridas de tanto derriçar café. Depois ainda descascariam o arroz sob a luz do lampião, pois o beneficiamento feito no sábado anterior com pilão e peneira não fora suficiente para eliminar todas as cascas. E, no dia seguinte, teriam que acordar muito cedo, pois era maio, a colheita já começara.

Levantaram às cinco horas da manhã. Kimie preparou o café e as marmitas. Depois, quando ainda estava escuro, ela, acompanhando Hideo, Jintaro e outros colonos, seguiu para o cafezal. Uns carregavam peneiras, outros, rastelos. Alguns, ainda cansados da labuta do dia anterior, seguiam pelo carreador como se já estivessem retornando.

A cada família foram destinadas as carreiras em que deveriam trabalhar. Hideo observou: às famílias de italianos, Mateo, o fiscal, reservava as carreiras com os pés mais carregados. Afinal, também ele era filho de imigrantes italianos. Hideo não se manteve quieto. Embora já fosse considerado impertinente por fazer muitas reivindicações, chamou o fiscal e, apontando a carreira em que a família de Giuseppe já iniciava o trabalho de apanha, disse, usando o seu português tosco, que gostaria de trocar com o italiano. Os que estavam próximos se viraram para o fiscal, curiosos com a sua reação.

"Faça o seu trabalho, Inabata, e não me perturbe!"

O fiscal era novo na fazenda Ouro Verde, viera de outra propriedade do patrão. Ao contrário do anterior, que era cordial com todos e até protegia os colonos, escondendo do proprietário o que faziam de errado, Mateo era indiferente ao cansaço dos trabalhadores, às mãos machucadas de tanto deslizarem pelos galhos na apanha do café. Por isso, Kimie sofria.

"Nunca vi mulher tão mole!"

Hideo e Jintaro procuravam poupá-la da derriçagem, pois suas mãos tinham a pele muito fina, mas os outros trabalhos também eram pesados para ela. Por isso, nos momentos em que Mateo estava distante, ela sentava no meio do cafezal. Então era a vez de Hideo:

"Que mulher mole fui arranjar!"

Não havia o que fazer. O pagamento no fim da colheita dependia da produtividade da família, e Hideo lamentava:

"Quanto receberemos desse jeito?"

Eram três. No Japão, quando Hideo lhe disse que Jintaro iria junto, que viveriam os três, como uma família, Kimie fez objeção. Ela que quase não falava.

"Mas viver na mesma casa com um estranho?"

Ele explicou:

"Não é um estranho, é um amigo da família, filho de Otanisan."

E, além do mais, não havia outro jeito, o governo brasileiro exigia pelo menos três enxadas em cada família. Se sua irmã Kimiko quisesse ir junto, não precisariam fazer aquele arranjo, aquela família artificial. Mas seu cunhado não queria arriscar:

"Vocês são doidos, isso é uma aventura."

Kimie também preferia ficar no Japão. Apesar das dificuldades, da falta de dinheiro, era a vida que conhecia. Aquela pequena vila era o mundo que sabia. Não gostava de mudanças, mas Hideo decidiu, e ela era esposa.

Um dia — e ela desconfiava que isso aconteceria, já percebera os olhares de Jintaro —, quando estavam a sós, quando Hideo havia saído para conversar sobre uma horta comunitária com alguns vizinhos, Jintaro, que era sempre quieto, que mal lhe dizia bom-dia, abraçou-a por trás na cozinha. Ela sentiu a respiração quente na nuca, tentou se desvencilhar. Ela, que era honesta, que era imóvel como a pedra que se deixa tornear pela chuva e pelo vento, que não poderia nem pensar na hipótese de se deitar com outro homem que não fosse seu marido, sentiu vontades estranhas, sentiu uma sensação agradável naquele abraço firme, porém tentou se desvencilhar. Mas ele tinha os braços fortes, e os braços fortes eram persuasivos. Então ela, que sempre fora mais esposa que mulher, que não sabia ser ardilosa, que tinha pensamentos simples e poucas certezas, pensou sem querer pensar que, se ficasse assim, parada, não teria culpa, pois ele era muito mais forte. Ela parou de se debater e depois não soube, ao pensar, se parou por estar cansada ou por querer que ele prosseguisse. Quando sentiu que havia vencido a resistência de Kimie, Jintaro a virou, abraçou-a, mas de repente a soltou e se afastou. E, tremendo, disse que era uma vergonha.

"Me desculpe, Kimichan, eu perdi a cabeça. Por favor, não conte nada para Hideosan."

Ela se afastou sem dizer nada.

Mas aconteceu de novo, quase dois anos depois, numa tarde triste de domingo, quando Hideo havia saído para se distrair, beber com uns amigos, porque discutira com Jintaro. Problemas de uma conta de querosene pendente no armazém. Que ele, Jintaro, dizia Hideo, ficava até tarde da noite com a lamparina acesa rabiscando seus haicais e tancas, que eles estavam no Brasil para trabalhar, não para fazer literatura. Jintaro não era de discutir: era o mais novo dos dois, era o agregado naquela família. No Japão, no porto, pouco antes de partir, seu pai lhe dissera para respeitar Hideo, pois ele lhes fizera um favor e seria o chefe da casa. Viera com essa disposição de se submeter às condições que Hideo impusesse, mas logo o modo autoritário do amigo passou a enervá-lo, e era calado que remoía o seu descontentamento, envenenando a alma. Hideo tinha todas as vantagens, valia-se disso para justificar a sua tirania. Ele tinha esposa, deitava-se com ela à noite, e Jintaro ficava no seu quarto, sobre aquele colchão de palha de milho estendido no chão, sonhando com o dia em que poderia voltar a dormir em um tatame e escutando os ruídos ao lado, adivinhando as carícias e se desesperando. Então ia para a cozinha. À noite, de madrugada, era o seu templo privado, lugar de frigir as incertezas, debruçar-se sobre as angústias, inscrever na ausência do passado as suas lembranças. Acendia a lamparina, deixava a chama alta para ver melhor, para não ver fantasmas, e escrevia sobre as quatro estações do ano: a triste vermelhidão do céu que as folhas de *momiji* copiavam no outono, o manto branco sobre as cerejeiras durante o inverno, o canto do rouxinol saudando a primavera, a sinfonia das cigarras nas noites de verão. Era um modo de se sentir no Japão.

Um dia, mostrou um de seus poemas a Kimie:

Vejo no momiji
O vermelho triste do céu.
Cor de outono.

"Jintarosan, eu não pensei que fosse tão sensível."
"Não sei se é um elogio..."

Ela fechou os olhos:

"Por favor, leia para mim."

Ele leu. Depois que terminou, ela continuou com os olhos fechados.

"Jintarosan, feche os olhos também, veja comigo o céu vermelho do Japão, as folhas avermelhadas... Sinta a brisa... Olhe, uma folha caindo... caindo devagar."

Quando abriram os olhos, e ambos os abriram no mesmo momento, ficaram um tempo atônitos, decepcionados com a realidade que tiveram que voltar a encarar. Jintaro guardou o poema no bolso da calça, Kimie se dirigiu à cozinha.

"Você precisa arranjar uma esposa", dizia Hideo ao amigo.

Jintaro compreendia. Hideo cumpria o seu papel de chefe da casa, explicava que não era bom para o homem ser só, e que também precisavam de mais uma enxada na lavoura, e, então, que se casasse com uma mulher forte, que suportasse o trabalho na roça e revezasse com Kimie nas tarefas da casa. Mas onde arranjar esposa? Na colônia, havia duas moças solteiras, porém não se atrevia a abordá-las ou conversar com seus pais sobre elas, com tantos rapazes em condições melhores, solteiros que tinham vindo com os pais, com os irmãos casados, não um agregado como ele. E encontrar as moças de outras colônias era difícil, trabalhava demais. Então passou a se aborrecer com Hideo. Sentia rancor, não gostava de sua condição de marido, de chefe da casa. Se havia o problema do querosene, também havia as contas de pinga que Hideo deixava no armazém, que eram cobradas junto com as despesas de mantimentos.

"Você também dá os seus pulinhos no armazém, Jintarosan", retrucava Hideo.

Mas era raro, era para aguentar a solidão, às vezes. Não era como Hideo, que vivia naquele balcão, que aprendera a gostar de pinga como gostava de saquê, que ficava horas conversando com os amigos, falando sobre o seu projeto de abrir uma loja de utensílios domésticos, dizendo que seu pai era um ótimo ceramista, enquanto ele, Jintaro, em casa, arrumava o cabo de uma enxada que estava estragado, regava as verduras da pequena horta. E por que tratava Kimie como se fosse seu dono, como se ela não fosse gente?

"Kimichan, traga os meus chinelos! Kimichan, esse arroz está duro! Kimichan, pare de ficar choramingando pelos cantos, porque eu também sinto falta do Japão, mas estamos aqui para trabalhar, ganhar dinheiro. E não suporto mais ouvir você chorando!"

Se fosse ele, Jintaro, o marido, ela não sofreria tanto. Por isso, porque Hideo não era um bom marido, não era um bom amigo, porque guardava frustrações, naquela tarde de domingo, ele não soltou Kimie quando ela parou de se debater.

Quando sentiu os braços de Jintaro enlaçando a sua cintura, como naquele dia, há quase dois anos, no mesmo lugar da cozinha, Kimie tentou se desvencilhar. Era uma tarde morna e triste de domingo, um cachorro latia ao longe, uma vizinha entoava uma antiga e melancólica canção japonesa. Tentou se desvencilhar porque era mulher honesta. Mas estava cansada. Cansada do trabalho no cafezal. Não nascera para empunhar enxada, para colher café com as suas mãos pequenas. Nascera com a pele branca e fina, não nascera para ficar sob aquele sol de fogo. Era o mesmo sol que brilhava no céu do Japão? Cansada das palavras duras de Hideo, que lhe cobrava empenho na lavoura, que lhe cobrava talento na cozinha, que a sujeitava na cama, insensível ao seu cansaço. Cansada de Hideo, que lhe dizia para não chorar porque o choro enfraquecia o ânimo, que lhe dizia para não chorar porque o choro o enervava. Cansada do silêncio de Hideo, que se calava quando ela lhe perguntava algo. Naquela tarde de domingo, que se parecia tanto com ela, o cachorro latindo ao longe, a vizinha cantando uma canção triste, Kimie, porque era honesta, tentava se soltar dos braços fortes de Jintaro. Mas estava cansada, e o cansaço lhe dava motivos que a sua retidão não conseguia mais rejeitar. Então parou de se debater, ficou quieta, deixou-se conduzir até o quarto de Jintaro, esperou que ele fechasse a cortina que substituía a porta, aproximou-se do colchão de palha e deitou sem dizer nada. Depois sentiu, primeiro assustada e quase contente, que Jintaro era mais pesado que Hideo, que Jintaro era maior, que quase a machucava. Mas logo sentiu, feliz, que o peso de Jintaro não lhe pesava, que ele se punha suavemente sobre seu corpo, que o seu tamanho, por fim, se ajustava a ela.

Em seu primeiro inverno no Brasil, Kimie esperou pela neve. Foi o que me chamou a atenção. A gênese, genuína, inscrita no passado de *ojiichan*. A partir dela surgiram outros episódios, todos com imprecisões, mas é de papel e tinta que a escritura precisa. As conversas com vovô, as entrevistas com tio Ichiro, as leituras do livro de Tomoo Handa e a minha mania de arquitetar com palavras: eis a história.

Ojiichan disse:

"Kimichan ficou esperando pela neve em pleno interior de São Paulo."

"*Ojiichan*, o que aconteceu quando ela soube que não nevaria?"

Ele riu. E contou que, no primeiro inverno — ou ainda era outono? —, quando chegou o frio, ela ficava na janela olhando o céu, olhando o cafezal. Se tivesse dito que estava esperando pela neve, logo a desiludiria.

"Era muito boba, a Kimichan."

Era muito quieta, e ele nunca sabia o que estava pensando, o que estava sentindo. Um dia, e fazia muito frio nesse dia, quando ela comentou que estava demorando muito para a neve cair, ele riu, riu muito, e ela não entendia por que o marido ria tanto. Jintaro, que estava perto, foi quem disse:

"Kimichan, aqui não tem neve."

"Não tem neve?"

"Kimichan, vamos trabalhar bastante, vamos voltar ao Japão, e Kimichan poderá ver a neve novamente."

Ela foi à janela, girou a taramela e a abriu, mesmo sob os protestos do marido, porque fazia muito frio. E ficou lá, debruçada, com os olhos cheios d'água.

Kimie olhava o cafezal coberto pela neve. Ela viu Kimiko correndo entre os pés de café, e Kimiko era uma criança que corria atrás de Tikao, seu irmão, e eram duas crianças que brincavam. Ela fez uma bola de neve, acertou as costas de Tikao. Ele virou, disse que a pegaria, e agora era ele quem corria atrás dela. Alcançou-a logo, pulou sobre a irmã, os dois caíram, começaram a rir. Kimie preferia ficar na janela, observando. Kimiko e Tikao, ajoelhados sobre a neve, acenavam, chamavam-na para a brincadeira. Ela fazia que não com um sinal de cabeça. Também era bom ficar ali, só vendo. Era o seu jeito de ser feliz.

Quando as duas crianças desapareceram no meio do cafezal, correndo, ela continuou a olhar. Hideo a chamou:

"Kimichan, vem pra cá, feche a janela, que está frio!"

"Já vou, eu já vou."

E continuou ali ainda por muito tempo, esquecida do marido.

Vovô, sentado à mesa da cozinha, as mãos enrugadas e cheias de manchas escuras, trêmulas, juntava num montinho as migalhas do pão francês que comera no café da manhã. Abriu a garrafa térmica e a virou sobre a xícara, mas não havia mais café. Então acendeu um cigarro. Eu o censurei com um *"ojiichan"* carinhoso, mas ele não me deu atenção. Sua memória tentava reconstruir a imagem de Kimie na janela:

"Eu fiquei com pena e não insisti mais, fui para o quarto."

Durante os três anos seguintes, no inverno, Kimie sempre se debruçava na janela para ver a neve sobre o cafezal. No penúltimo inverno, um dia, Jintaro se aproximou e, com a voz muito baixa, pediu-lhe para fechar a janela, disse que ela ficaria doente, que era para se manter forte e ajudar o marido. Kimie então disse o que jamais dissera a Hideo:

"Estou vendo a neve."

Jintaro ficou quieto, sem saber o que dizer e, ao fim de um minuto, decidiu: olhou, primeiro, a esposa do amigo, depois fixou o olhar no cafezal verde:

"Kimichan, é muito bonito o cafezal coberto pela neve."

Ela virou para ele, um brilho de agradecimento nos olhos:

"Jintarosan, eu gosto de ficar olhando."

"E o que vê?"

"Vejo os meus irmãos brincando, às vezes eles desaparecem atrás de um pé de café, mas logo surgem novamente."

"Quando era criança, quando nevava, meus amigos e eu nos dividíamos em dois grupos, fazíamos guerra de bolinhas de neve. Quando ficávamos cansados, parávamos, descansávamos um pouquinho e fazíamos bonecos de neve."

"Por que não vai lá brincar com os meus irmãos?"

"Kimichan, não sou mais criança. Agora eu também gosto de ficar só olhando."

No inverno seguinte, Jintaro não estava mais na fazenda. No fim do último ano agrícola, ele acertou as contas com Hideo. Contas difíceis, que encerraram definitivamente a amizade dos dois. Era outubro, primavera, e Jintaro reclamava ressarcimento pelas panelas, pela dezena de porcos, pela mesa e pelas cadeiras, tudo comprado em parceria. E o ofurô que ele fizera, o primeiro da colônia. Hideo respondeu que enviara todo o dinheiro que restara ao Japão, que era ele, Jintaro, quem ia embora, e ia porque queria. E rindo, nervoso, disse que poderia levar o ofurô nas costas, que poderia levar os porcos para criá-los na cidade de São Paulo. Por fim, Jintaro se conformou, juntou as notas que Hideo lhe dera, enfiou-as no bolso. Depois guardou seus poemas num canto da mala de papelão que trouxera do Japão, socou suas roupas para que tudo coubesse lá dentro e saiu. Na porta da casa, colocou-se diante de Kimie, a mão direita segurando a mala, o braço esquerdo ao longo do corpo. Disse para cuidar da saúde, que era o mais importante. Que não desanimasse, que um dia ela voltaria com o marido para o Japão, que veria, novamente, a neve cobrindo as cerejeiras e as montanhas. Disse *obrigado*, curvou-se três vezes e subiu na carroça de boi.

Ela nunca mais o viu. E, no inverno, não abriu mais a janela para ver a neve cair sobre o cafezal. Ia à lavoura, ia ao riacho com as outras mulheres para lavar as suas roupas e as de Hideo, cozinhava. No ofurô, sentia o conforto da água morna e chorava.

Uma noite, e era a noite mais fria do ano, Kimie não conseguiu dormir. Estava doente. Tomara os chás de Maria, ficara quieta sob as suas mãos enquanto ela rezava aquelas rezas que não entendia, mas não melhorara. De madrugada aumentou a febre. Quis ver a neve. Hideo roncava ao seu lado. Levantou, caminhou até a porta da sala e a abriu. A neve cobria a terra. Saiu, correu até o cafezal, correu entre os pés de café, sentindo a neve cair sobre a sua cabeça, sobre os seus ombros. Correu durante muito tempo, estrela do espetáculo, abrindo os braços, ela, que sempre preferia ficar na janela. Finalmente, quando cansou, sentou na terra fria. A morte chegou lentamente. Há quanto tempo morria? Tranquila, congelada pela neve, congelada pelo sol.

Em uma conversa na sala da casa do tio Ichiro, regada a café aguado da tia Tomie, *ojiichan* disse que naquela época já não tinha certeza de que retornaria ao Japão

Aqueles anos tão longínquos se inscreviam no seu presente através das lembranças das cartas que recebia do Japão, do casamento com *obāchan*, do arrendamento de um sítio com o sogro, do nascimento dos filhos. As cartas eram sempre aguardadas com ansiedade, e era angustiante não saber quando viriam. Elas davam elementos para que *ojiichan* seguisse elaborando a história da família, que permanecera no Japão, garantiam o aperto dos laços que o prendiam àquele país. Através delas sentia a presença dos pais, dos irmãos, sobretudo da mãe, que frequentemente lhe aparecia nos sonhos, às vezes com o semblante triste da despedida, outras com o sorriso que sempre lhe iluminava o rosto quando ele e seus irmãos, ainda crianças, retornavam da escola.

As cartas ficaram por muito tempo guardadas em uma caixa de papelão, mas se perderam na última mudança. Na memória de *ojiichan*, elas estavam embaralhadas, sem ordem cronológica, algumas descartadas pelo esquecimento. Uma, especialmente, reeditava-se de vez em quando, com pequenas falhas de impressão, que *ojiichan* procurava corrigir, talvez acrescentando dados para que a sua história tivesse coerência.

Mas eu o escutava com os ouvidos de quem crê.

Ojiichan disse que os anos em que trabalhou na fazenda Ouro Verde lhe ensinaram o que precisava saber sobre a cultura do café, desde a capina, para que as ervas daninhas não retirassem da terra os nutrientes necessários para o cafezal, passando pela colheita, com a derriça, a rastelação e a abanação, até a secagem no terreiro de cimento, onde primeiro esparramava os grãos por toda a extensão do piso e depois os virava e revirava com o rastelo de madeira. Entretanto, os mesmos anos também lhe indicaram que fora iludido sobre a possibilidade de se ganhar bastante dinheiro na lavoura cafeeira. Sentia-se desamparado e, como um menino, desejava o colo da mãe. Jamais cogitou culpar o imperador, que sempre incentivara as viagens dos japoneses para além-mar. Ele não poderia imaginar que o preço do café cairia tanto e que a ganância dos fazendeiros fosse tamanha. Sim, as fazendas de café enriqueciam, mas somente os proprietários. No acerto de contas após cada ano agrícola, o seu lucro ia para os bolsos do patrão para pagar as dívidas do armazém, e então a revolta lhe punha palavras na boca. Falava alto em língua japonesa, pois só em japonês conseguia esbravejar. Falava que o roubavam e não tinha a quem reclamar, que não viera ao Brasil para ser escravo, que sabia que o sino chamando os colonos para o trabalho era o mesmo que no passado impunha aos negros cativos horário para despertar e ir ao cafezal.

Após a partida de Jintaro e a morte de Kimie, o administrador da fazenda lhe disse que não poderia ocupar uma casa sozinho, pois isso representaria um desperdício, que deveria se agregar a uma família. Seu contrato seria rescindido se não o fizesse, e então teria que se aventurar na cidade, procurar um emprego na construção civil ou como empregado doméstico. Sentiu-se humilhado, embora não admitisse. Disse que trabalharia por três pessoas, o que justificaria permanecer sozinho na casa, mas o administrador se manteve irredutível. Então, lamentando a mulher fraca que desposara e o amigo ingrato em quem confiara, juntou-se aos Mikimura, que eram vizinhos e aproveitavam o seu ofurô nos dias de frio. Aborrecido, constrangido, porque era pouco confortável a situação de agregado, mas não cabisbaixo, já que não era um qualquer. Se era um favor que lhe faziam os Mikimura, também era um favor que fazia a eles, pois em dias de capina era homem de empunhar enxada às seis horas, quando o capataz tocava o sino chamando ao labor, e largá-la somente quando o sol se punha, era homem de ficar com as mãos machucadas na colheita sem reclamar, era homem de peneirar horas seguidas sem derrubar um grão de café.

Os Mikimura eram uma família de quatro pessoas: Toshio, o pai, Aya, a mãe, Shigueru, o filho, e Shizue, a filha, todos em idade de trabalhar. Um dia, o pai, que era um homem bom e prático, chamou Hideo para uma conversa sob a mangueira, pois era na privacidade daquele lugar um pouco distante da casa que ocorriam as conversas importantes. Toshio lhe falou que lhe queria muito bem. Agradeceu os momentos de gozo na banheira, pois no ofurô sentia como se estivesse no Japão. Elogiou o seu empenho no cafezal, depois lamentou a partida de Jintaro e a morte de Kimie, que era uma boa mulher, e logo falou de Shizue, lembrou que era dedicada tanto nos afazeres domésticos quanto na lavoura, que não era frágil como Kimie, que estava em idade para casar, e, sem mais preliminares, disse que ele deveria casar com ela, pois já moravam sob o mesmo teto, que já ouvira comentários sobre o fato, insinuações maldosas, e o casamento poria fim àquilo. Depois observou que seriam realmente uma família, e essa solução lhe pouparia o trabalho de procurar um marido para ela. Hideo não deu a resposta de imediato, embora já adivinhasse o que Toshio lhe proporia quando ele o chamou para conversarem sob a mangueira. Não poderia dizer que sim de imediato, pois, se assim o fizesse, Toshio pensaria que estava à disposição, ou mais que isso, que aquela proposta seria a sua salvação. Tinha seu valor. Disse que precisaria pensar, pois não esperava pela proposta, que a morte da esposa era recente e não pensava em casar. Não era verdade. A proposta de Toshio Mikimura vinha reforçar uma sugestão em que pensara mais de uma vez, pois a situação de agregado o punha acabrunhado. Não nascera para ser um Jintaro, viver em casa comandada por outro homem. Embora soubesse que seria genro, sabia, também, que genro era muito mais que um agregado. E já se surpreendera observando Shizue na cozinha, rápida na lavagem de panelas e pratos, em meio ao cafezal, vigorosa na capinação de ervas daninhas. E era uma moça bonita, de rosto com as maçãs cheias, de olhos brilhantes, como se vissem sempre uma novidade, muito diferente dos olhos de Kimie, que viam o dia como se vissem a noite, que estavam sempre perdidos em alguma imagem do passado. Shizue era baixinha como Kimie, mas pesava mais, seu corpo era robusto, os braços mais grossos. Era uma vantagem. Precisava, ao seu lado, de uma mulher forte, que não reclamasse do trabalho da capina ou da derriça. "E não é bom para um homem ficar só", pensou, lembrando-se dos conselhos que dava a Jintaro.

Então casaram *ojiichan* e *obāchan* em uma cerimônia no terreiro da fazenda. Alguém entoou o cântico nupcial "Takasa", um amigo da família fez um longo discurso de apresentação dos noivos, tão longo que enervou os poucos convidados, inútil porque todos conheciam Hideo e Shizue, mas necessário porque era sempre assim: alguém falava do bom caráter do noivo, de seus pais, que o tinham educado para ser um homem honesto e fiel ao imperador, de sua dedicação ao trabalho, e das habilidades da noiva na arte culinária, de sua disposição de ser mãe, da educação primorosa que recebera em sua casa. Depois falou o pai, que agradeceu os presentes e se desculpou pela festa, que era pobre, que não tinha saquê como gostaria, só tinha limonada e pinga para tomar, que não tinha *manjū*, só mandioca frita, bolinhos de arroz e um bolo de milho para comer. Os convidados não se importavam, estavam contentes. Eram poucas as oportunidades que havia para se reunirem e comemorarem algo, acontecia só uma vez por ano o aniversário do imperador, quando era imprescindível se realizar uma grande festa, só uma vez por ano os lavradores tinham o dia de Ano-Novo para visitar os amigos ou recebê-los, para comer *manjū* e *yōkan* se tivessem sorte. As mulheres beberam limonada, os homens beberam pinga, exageraram, inclusive o noivo, e então cantaram, pois a embriaguez anulava o acanhamento, e não se importavam se desafinavam. Aqueles que não cantavam batiam palmas acompanhando o ritmo da canção. Logo os homens estavam abraçados, e o pai da noiva começou a chorar. Ele cantava e chorava, e todos sabiam — sabiam porque também sentiam — que o choro não era somente por causa do casamento da filha, que as lágrimas traduziam a falta que sentia do Japão.

Sogro e genro se tornaram parceiros firmes, ambos empenhados no trabalho, companheiros de longas conversas num banco de tora ao lado da casa nas noites de calor e de rodadas de pinga no balcão do armazém, o que provocou despeito no filho de um, cunhado do outro.

"Parece que *otōchan* se esqueceu de que tem um filho", queixou-se Shigueru.

Toshio riu, retrucou que era uma grande bobagem o que dizia o filho, que era um rapazote, lembrou que Hideo era mais velho e experiente, era natural que tivessem mais o que conversar, e que não ficasse despeitado, porque quando uma filha casava, o pai e a mãe ganhavam outro filho, e assim seria quando ele, Shigueru, também casasse: a sua esposa seria uma filha.

Um dia, disseram a Hideo que o armazém da fazenda vizinha vendia produtos a um preço bem inferior ao da fazenda Ouro Verde. Conversou sobre o assunto com o sogro, com os outros colonos, inclusive os italianos e os brasileiros, e marcaram uma reunião com o administrador, ele como porta-voz, eleito por unanimidade, pois não tinha receio em dizer o que tinha que ser dito, era um líder, e todos o reconheciam como tal. Disse que não lhes sobrava quase nada no final do ano agrícola, porque precisavam comprar tudo o que necessitavam no armazém, e os preços eram muito elevados, que na fazenda Cachoeirinha se comprava açúcar e querosene quase pela metade do preço e que lá tudo custava muito menos. O administrador lhe disse que não lhe interessava o que faziam as outras fazendas e não levaria ao patrão uma questão pequena, pois ele tinha muitos problemas com que se ocupar, mas que podia garantir que na Ouro Verde não se exploravam os colonos, que os preços praticados no armazém eram justos, que a fazenda precisava cobrar mais pelos produtos porque gastava combustível da caminhonete para ir à cidade comprar as mercadorias que pagava à vista e depois vendia fiado, tudo fiado, e isso elevava o valor da mercadoria. Assim era a lei do comércio. Hideo retrucou, disse que aquilo não estava certo e repetiu em japonês: "não estava certo". Então os colonos viram que o administrador se irritava — talvez pensasse que Hideo o tivesse xingado —, temeram pela sorte do amigo, e um deles disse que compreendiam, repetiu as palavras: "É a lei do comércio". Mas Hideo insistiu, argumentou que a fazenda não precisaria ganhar dinheiro com as vendas do armazém se já ganhava tanto dinheiro com o café, que ele, o administrador, também era empregado, e como empregado deveria compreender a situação lamentável dos colonos. A reação do administrador foi aquela que se esperava: suas faces ficaram vermelhas, suas mãos começaram a tremer, e, com a voz também trêmula, disse que não era um empregado qualquer, que não o comparasse a ele, Hideo, ele, sim, um miserável colono japonês que pensava ser mais importante do que realmente era. Hideo não entendeu uma palavra e outra, a língua portuguesa ainda era difícil para ele. Toshio, então, aproveitou o breve silêncio que se fez e disse ao administrador que desculpasse o genro, que estava nervoso, e isso fez porque sabia que se a conversa prosseguisse, Hideo seria dispensado, e com ele iriam embora a sua filha e o seu neto. Por isso pegou o genro pelo braço: que fossem embora, de nada adiantaria prosseguir aquela discussão.

Hideo não se conformou. Em casa disse ao sogro que não poderiam mais se sujeitar a levar vida de escravos, que se seguissem daquele jeito acabariam na mesma situação de Nodasan, que, não conseguindo pagar as dívidas do armazém, fugira com a esposa e os filhos de madrugada. Lembrou que a família crescera, agora havia o seu filho Ichiro, e logo viriam outros, disse que, como colonos, não conseguiriam economizar dinheiro suficiente para retornarem ao Japão. Toshio sabia que o genro tinha razão. Então combinaram que procurariam um sítio para arrendar, ficariam somente até o final do ano agrícola na fazenda Ouro Verde.

E assim aconteceu. Arrendaram um pequeno sítio, onde não seriam insultados por nenhum fiscal, onde não receberiam ordens. Além disso, a casa era muito melhor e maior, com as paredes caiadas, o piso de cimento e portas isolando os quartos. "Kimie gostaria", pensou Hideo. Próximo à casa, havia uma horta abandonada, mas ainda em condições de ser cultivada, com um tanque de concreto para armazenar água e isolada por uma cerca de arame. Embaixo de uma mangueira, a mãe de Shizue viu uma semiesfera feita de tijolos e sustentada por uma estrutura de madeira. Na parte da frente, havia uma pequena boca, atrás, um orifício. Logo descobriria que era um forno, e nesse forno assaria pães. Havia também uma pequena pocilga onde um porco magro, abandonado pelo antigo arrendatário, aguardava indolentemente ser alimentado para depois ser sacrificado.

Hideo se encarregou de tratar o animal e, dia após dia, via o seu desenvolvimento. Ele, que nos primeiros tempos no Brasil se enojava com a carne gordurosa do porco e passara mal algumas vezes após ter se aventurado a comê-la, acostumou-se com o seu sabor. Toshio, Shigueru e Shizue também haviam se acostumado. Além da carne, comiam ainda a linguiça, que no início lhes parecia tão estranha. Somente a mãe de Shizue se recusava:

"Isso me dá náuseas."

Quando acreditou que o animal já tinha tamanho suficiente, Hideo anunciou à família que chegara a hora de comer carne de porco.

"Mas quem vai matá-lo?", quis saber Shizue.

Shigueru disse que não sabia como fazer.

"Eu só sei comer", brincou Toshio.

Hideo lembrou as vezes em que vira os homens na fazenda Ouro Verde matando porcos. Não seria difícil.

"Está bem, eu me encarrego disso."

No domingo, todos foram à pocilga. Os três homens pegaram o porco, segurando-o pelas patas, e levaram-no para um estrado de madeira que havia sido preparado para aquele momento. Shigueru segurou as patas traseiras do animal, Toshio pisou nas patas dianteiras e segurou as orelhas para imobilizá-lo melhor, mas o suíno era forte, desvencilhava-se dos pés do homem. Então Shizue se adiantou, disse que ajudaria, segurou com as mãos pequenas as duas patas. Hideo pegou a faca, que afiara no dia anterior, e se esforçou para lembrar o lugar onde deveria enfiá-la. A faca deveria ir direto ao coração, e então a morte seria rápida. Mas a faca não encontrou o órgão vital.

Shizue viu o marido mexendo o instrumento de um lado para o outro enquanto o animal agonizava, soltando grunhidos pavorosos. O desespero do animal desesperava a todos, principalmente a Hideo, que não queria decepcionar ninguém, não queria frustrar a expectativa que criara em torno da ideia de que seria capaz de sacrificar o porco facilmente. Por fim, ele retirou a faca ensanguentada, olhou Shizue, que tinha se virado para não ver a agonia do porco, e procurou um outro ponto. Enfiou a faca outra vez, agora com mais força, e a lâmina feriu o coração imediatamente.

Depois foi tudo mais fácil: arrancar as vísceras, separar o toicinho, recolher a banha numa grande lata. As mulheres se encarregaram de levar as tripas ao riacho para lavá-las. Mais tarde, elas mesmas as recheariam para fazer as linguiças.

A família trabalhou com empenho no sítio, empolgada com as novas condições, todos cheios de esperanças. Mas os anos passaram e o dinheiro que sobrava nunca era suficiente para o retorno ao Japão. Após a venda da safra, pagava-se o arrendamento ao proprietário do sítio, e de novo, como acontecia na fazenda Ouro Verde após o pagamento das dívidas do armazém, era pouco o que restava. E as despesas aumentavam. Nasceram os outros filhos de Hideo e Shizue: Hitoshi, Haruo, Sumie, Hiroshi e Emi. Alguns amigos, que antes eram agressivos com a terra brasileira e com o sol inclemente, pois a agressividade, no início, era o que traduzia a dor e a decepção, já tinham se conformado em permanecer no Brasil e deixavam de negar o solo estrangeiro, o qual, para Hideo, depois de tantos anos, ainda era novo e inaceitável.

Um dia, Toshio recebeu a notícia de que sua mãe falecera. Depois — um mês ou dois, Toshio ainda guardava luto — foi a vez de Hideo. Era a carta que, embora desaparecida, acompanhava-o quando se lembrava daquela época. Era uma carta de duas folhas com letras borradas em um canto e outro, onde Hideo, depois, adivinhou algumas lágrimas secas. Sua irmã contou que a mãe adoecera repentinamente, que morrera em pouco mais de uma semana após a primeira crise de dor de cabeça e febre. Hideo parou de ler um instante, as letras se embaralharam sobre o papel branco. Os olhos procuraram por um instante as linhas que havia lido para que desmentissem a notícia, mas elas a confirmaram. Então prosseguiu: antes de ficar doente, sua mãe perguntava a todos por que o filho não retornava logo se quando partira dissera que seriam apenas quatro ou cinco anos. Depois, deitada em sua cama, dizia que não queria morrer sem rever o filho e, nos últimos dias, começou a delirar, acreditava que Hideo ainda era criança, perguntava por que ele não voltava do *gakkō*, pedia a todos que fossem buscá-lo porque escurecia e não queria que ficasse pela rua à noite.

Hideo não chorou porque era um homem duro, como era duro o seu pai, como eram duros os homens na terra dos samurais. Estavam quase todos na pequena sala. As crianças conversavam alto, alheias ao que representava a triste expressão que se desenhara no rosto do pai. Toshio perguntou algo — o óbvio —, se eram más as notícias que vinham do Japão. Shizue intuiu que alguém morrera, intuiu que morrera a sogra, de quem Hideo lhe falava sempre como aquela por quem valia todo o sacrifício em terra estrangeira, mas não disse nada, sabia que deveria aguardar calada que o marido dissesse o que ainda era incerteza. Ele não disse nada, embora seu silêncio e seus olhos de repente sem brilho já dissessem muito. Dobrou a carta com cuidado e a devolveu ao envelope como se aquele gesto que invertia a ação pudesse fazê-lo voltar do avesso onde fora lançado. Depois entregou o envelope à esposa e, ainda calado, saiu.

Hideo foi à horta elaborar o luto com a enxada nas mãos. Retornara há uma hora e meia da lavoura, já era noite, mas a lua estava cheia. Ichiro, que acabara de regar os canteiros, pois era uma de suas tarefas diárias, perguntou se o jantar estava pronto e disse, sem esperar pela resposta, que vira sua mãe preparando tempurá. E correu em direção à casa, sem entender por que o pai estava calado. Hideo ergueu a enxada, feriu com força e raiva a terra dura — não chovia havia quase dois meses. Então encheu o regador com a água do tanque — depósito que mantinha cheio porque não tinha preguiça de ir ao riacho quantas vezes fosse preciso —, molhou a terra, feriu-a mais uma, duas, dezenas ou mais de cem vezes. A terra úmida ficou macia. Abriu sulcos e plantou algumas mudas de acelga. A verdura cresceria, como cresceriam os pés de couve, as batatas de inhame, os pintainhos soltos no quintal, os poucos porcos na pequena pocilga, e as hortaliças, os ovos e as carnes alimentariam a sua família, que não precisaria comprar muita coisa no armazém. Mesmo assim, no final da colheita, após acertar as contas com o proprietário, sobraria pouco dinheiro. E seguiria assim, em terra estrangeira, empunhando a enxada, rasgando a terra, fincando mudas.

"*Okāchan*!!!!!!!!!!!"

Shizue, encolhida numa cadeira, escutou o grito de dor e, então, teve a certeza.

Eu vi *ojiichan* chorando no meio da horta, solitário, iluminado pela lua, abraçado ao cabo de enxada. Depois, mais de meia hora depois, ele limpou o rosto com o braço, pendurou a enxada num suporte da parede e entrou.

Na escola rural, na estrada poeirenta, retornando à casa em meio aos moleques, na colheita de café, Haruo era japonês

Diziam assim:

"É aquele do lado do japonesinho."

Ou:

"É aquele japonês!"

Ou somente:

"Ô, japonesinho!"

Mesmo os seus amigos:

"Ô, japonês, vamos brincar no rio?"

E Pietro, o filho de italianos que morava numa colônia vizinha, o menino que não conseguia aprender contas e não era chamado de italianinho:

"Ô, japonês, amanhã vou até sua casa pra você me ajudar na tarefa de matemática."

De modo nenhum gostava. Para que servia, então, o nome dele? E dizia:

"Não gosto que me chamem de japonês, eu sou Haruo."

Então retrucavam:

"Pois é isso mesmo, Haruo é nome de japonês."

Um moleque maior, de onze ou doze anos, riu quando ouviu o nome, falou sem maldade:

"Mas que parece nome de remédio..."

Era diferente.

Haruo era japonês. Era japonês entre as velhas paredes de tábuas caiadas da escola rural, com algumas mata-juntas despregadas e outras ainda grudadas por pregos, fincados por negros que tinham erguido essas paredes para os brancos rezarem, pois antes a escola era uma igreja. Era japonês nas idas e vindas pela estrada poeirenta, com os pés descalços, que em dias de sol quente se defendiam da quentura da terra embrulhados em folhas de mamona, porque eram poucos os que tinham alparcatas, e, em dias de chuva, escorregavam felizes no barro do caminho-tobogã. Era japonês nos carreadores do cafezal, em brincadeiras de esconde-esconde, em que os meninos principiavam a erguer as saias das meninas e buliam rápidos e desajeitados para retornarem logo ao jogo e eles nem percebiam que elas, menos ingênuas, escondiam-se atrás de pés de café bem distantes exatamente para fazerem a ocasião.

Era diferente. Queria ser igual.

Os iguais eram poucos.

"Por isso precisamos nos manter unidos", explicava Hideo ao filho.

E um dia, à noite, aproveitando a ocasião em que estavam todos os filhos e a esposa reunidos, além do sogro e da sogra, contou a história. Era uma parábola. Disse que parábolas ensinavam sobre a vida, e aquela era uma parábola de *gaijin*, mas que continha uma grande verdade. Era uma história sobre três irmãos que sempre brigavam. Um dia o pai os chamou e lhes mostrou um feixe de varas, dizendo que daria um prêmio a quem conseguisse quebrá-lo. Cada um dos filhos experimentou, mas ninguém conseguiu partir o feixe. Então o pai desamarrou o feixe e partiu as varas, uma a uma. Depois falou que se os filhos se mantivessem unidos seriam fortes e ninguém os derrotaria, mas que cada um, sozinho, seria facilmente vencido.

"Que história bonita", opinou a mãe.

"Por isso, *nihonjin* precisa se manter sempre junto de *nihon-jin*", predicou Hideo, que nunca dizia por dizer, porque as palavras não foram inventadas para serem desperdiçadas. "No meio de *gaijin*, um *nihonjin* sozinho é fraco, é uma vara fácil de ser quebrada. Não estamos no Japão, e aqui no Brasil a gente não sabe em quem pode confiar. Mas, se nos mantivermos juntos, seremos um feixe, e ninguém poderá nos quebrar."

Haruo ouviu a história e pensou: "Por isso aproveitam". Quando estava sozinho ou só ele e Hitoshi no grupo de moleques, os outros cantavam em coro:

Japonês tem cara chata, come queijo com barata.

Na primeira vez, estava sozinho e tentou se defender, gritando que eram eles que comiam barata, mas os moleques eram muitos e falavam todos ao mesmo tempo, e então a sua voz se perdia em meio aos japoneses de cara chata, queijos e baratas. Ficou nervoso e chorou, e o chamaram de mulherzinha. Era a pior das ofensas, porque tinha orgulho de ser homem, embora homem ainda não fosse, ele e os outros, e todos sabiam do orgulho de cada um, por isso, na ingênua crueldade de meninos, um dizia ao outro: "Mulherzinha". Foi se lamentar com a mãe, que o consolou:

"Não dê atenção a esses moleques!"

"Por que eles dizem que a gente come queijo com barata?"

Ela riu:

"Eu não sei, e nem eles devem saber. São crianças, repetem o que ouvem por aí."

O pai:

"Sabe por que dizem isso? Porque não têm educação, seus pais não os educaram para respeitar os outros. *Nihonjin* aprende em casa o que é certo e o que é errado, aprende em casa que se deve respeitar os outros. O que têm esses moleques é inveja de você, que é inteligente e é descendente de samurais."

Para a esposa:

"Haruo anda muito com *gaijin. Gaijin* não tem educação, fica inventando coisas feias em vez de trabalhar e estudar. Mas talvez seja bom que isso aconteça para ele aprender que *gaijin* não é boa companhia."

Um dia, na escola, a professora disse:

"Haruo, Hitoshi, vocês não são japoneses, são brasileiros. Vocês não nasceram no Brasil? Pois então. Quem nasce em Portugal é português, quem nasce no Japão é japonês, quem nasce no Brasil é brasileiro!"

A professora era loira, inteligente, bonita, boazinha. Parecia um desenho de livro. Seu pai lhe dizia que respeitar a professora era um dever, pois era alguém que sabia mais que os outros, e que na sala de aula ele deveria ficar quieto e atento para aprender tudo o que ela ensinava. Mas, às vezes, Haruo ficava embevecido com a sua beleza e então, embora parecesse estar atento ao que ela estava falando, ficava muito interessado nos seus olhos azuis e no seu rosto, que pareciam com os das princesas de contos de fadas. Porém, quando ela lhe disse que não era japonês, não enxergou mais os seus grandes olhos azuis e lembrou que seu pai sempre lhe ensinara que era *nihonjin*, que *nihonjin* era diferente de *gaijin*, que cada *nihonjin* era representante de um povo de tradição milenar. Então ou seu pai ou a professora estava equivocado, pois, quando dois diziam coisas diferentes, se um estava certo, o outro estava errado, já que não existiam duas verdades diferentes sobre o mesmo tema. Não foi exatamente assim que ele pensou, mas o que pensou era uma coisa assim.

"Professora, papai ensinou que nós não somos brasileiros. A gente é *nihonjin*."

Hitoshi, que sentava na carteira de trás, deu-lhe um cutucão: "Fique quieto!"

"O que é *nihonjin*, Haruo?", quis saber a professora.

"*Nihonjin* é japonês."

A professora, então, com determinação:

"Haruo, onde nasceu sua mãe?"

"No Nihon."

Algumas crianças riram.

"Onde?"

"No Nihon, no Japão."

"Então a sua mãe é japonesa. E seu pai?"

"Ele também nasceu no Japão."

"Então ele também é japonês. É assim, Haruo: quem nasce na China é chinês, quem nasce na Itália é italiano. Os pais de Pietra nasceram na Itália e por isso são italianos, mas ela, que é filha de italianos, nasceu no Brasil, então é brasileira. Você nasceu aqui, no Brasil, portanto, você é brasileiro. E você deve se sentir orgulhoso por ser brasileiro, afinal, por algum motivo seus pais escolheram o Brasil para viver."

E ela pediu aos outros meninos da sala que não o chamassem mais de japonês porque japonês ele não era. Depois todos aprenderam o hino nacional e desenharam a bandeira brasileira, e só não pintaram porque não tinham lápis de cor.

Na volta da escola, Hitoshi disse ao irmão:

"Você é besta, precisa escutar o que a professora diz e ficar quieto. Na escola você é brasileiro, em casa você é *nihonjin*."

Em casa, Haruo esperou que o pai voltasse da lavoura. Estava ansioso para lhe perguntar sobre essa história de ser *nihonjin*, mas ficou quieto enquanto Hideo guardava as ferramentas de trabalho e se dirigia ao ofurô, porque não adiantava ter pressa, interromper o pai para ser repelido, ser chamado de impertinente. Aguardava a hora certa, que parecia não chegar, ainda mais para um menino ansioso, que parecia estar sempre correndo para tirar o pai da forca, assim diziam os *gaijin*. Por fim, quando esperavam o jantar ser servido, considerou que era o momento, não o mais adequado, porque seu pai torneava com um canivete pedaços de bambu para fazer hashis, e essa era uma tarefa que requeria bastante atenção, pois não deveria restar nenhuma lasca, mínima que fosse, e a circunferência no final não poderia ser outra que a perfeita, a que se ajustasse à mão e ao rigor dos olhos. Mas a hora ideal jamais chegaria para um menino iniciar uma conversa com o pai, ele sabia, pois os meninos é que sempre esperavam que os pais lhe dissessem algo.

"*Otōchan...*"

"*Hai.*"

"*Otōchan, sensei* disse que sou brasileiro."

"Ohara *sensei* disse isso?"

"Não, a *sensei* do *burajiru gakkō*."

Hideo, que tinha interrompido a sua tarefa de artesão por um momento quando ouviu a primeira frase do filho, voltou a tirar lascas do bambu e disse para ele não dar importância ao que ela dizia.

As palavras de Hideo e o tom de sua voz indicavam a Haruo que a conversa estava encerrada, mas o filho era parecido com o pai na persistência, embora este costumasse persistir no silêncio, pois, para ele, as palavras em grande parte das vezes não tinham serventia: quando não atrapalhavam, provocavam desentendimentos. Haruo ainda se extasiava ao descobrir as novas e as usava para entender o mundo e disciplinar as ideias, que eram muitas, e na cabeça ficavam desordenadas como cigarras barulhentas que cantavam ao mesmo tempo numa sinfonia maluca.

"Mas não foi *otōchan* quem disse que a gente deve aprender tudo o que a professora ensina?"

Hideo sentiu um tremor de indignação com a impertinência do filho e ergueu os olhos duros. Não estava surpreso, já que conhecia Haruo. Ele era assim, um menino que perguntava tudo sobre tudo e não se conformava em saber pela metade. Por isso ficou alguns instantes quieto, sabedor de que estava diante de um grande problema. Teria que ser persuasivo para convencer o filho, teria que ser duro se houvesse teimosia. Então explicou, primeiro, que a professora tinha razão, já que ele tinha nascido no Brasil. Portanto, no documento, na certidão de nascimento, ele era brasileiro. Mas era só um papel, e um papel se perde, vira cinza numa fogueira, e ter nascido no Brasil fora uma imposição do destino. A voz se tornou mais áspera, as palavras, agora, amontoavam-se e não diziam tudo que se propunham a dizer, umas sufocadas pelas outras, algumas sem conseguir pares. Disse ao filho que já lhe contara muitas vezes sobre os motivos da imigração, falara sobre as dificuldades para se arranjar emprego no Japão. Repetiu a história sobre a viagem, longa e sacrificada viagem em que alguns tinham morrido e sido lançados ao mar. E o que importava era o que ia na alma, no coração.

"E na alma, você é japonês. Você tem o espírito japonês. E na cara também. O que adianta você sair por aí dizendo que é brasileiro? Todos olham você e sabem que você é japonês."

Era exatamente assim que pensava: os traços do rosto, o nariz chato, os olhos amendoados, bem como o nome, eram a identidade física do japonês.

"Seu nome é Haruo", prosseguiu. "Se você fosse brasileiro, se chamaria João, Antonio, José..."

Foi então que Haruo cometeu o desrespeito:

"*Otōchan*, a cara e o nome eu não posso mudar, mas isso não importa muito. *Sensei* do *burajiru gakkō* disse que todos somos iguais, filhos de Deus, não importa se os olhos são puxados ou não, se os cabelos são lisos ou enroladinhos, se o menino é preto ou japonês. O que importa é o que *otōchan* está dizendo: o coração. E eu sinto, eu acho que meu coração é brasileiro."

"Insolente!"

O tapa atingiu em cheio a face de Haruo. Imediatamente os olhos se encheram de lágrimas.

"Você é quem seu pai quer que você seja. E você é *nihonjin!*"

Hideo respirou fundo para se acalmar e julgar a insolência.

Após alguns instantes, deu o veredicto:

"Tire a camisa e espere. Vou lhe aplicar o *yaito.*"

Retirou-se para o quarto e retornou com um pacote de papel — um embrulho amarrotado —, uma caixa de *senkō* e uma caixa de fósforos. Escondidos atrás da porta da cozinha, Sumie e Hiroshi espiavam, assustados.

Lentamente, mas com gestos firmes, vigorosos, Hideo abriu o pacote, pegou com o polegar e o indicador um pouco dos fiapos secos, fez com eles uma pequena bola, que depois foi modificada para a forma de um cone. Logo fez outra bola, transformada depois em outro cone, pois um era pouco para o desrespeito cometido. Haruo, sem a camisa, antes de receber a ordem, deitou de bruços sobre o banco. O pai ajeitou os pequenos cones sobre as costas do filho e acendeu um incenso. Haruo sentiu primeiro o leve calor do *senkō* se aproximando da pele e pensou que os seus colegas da escola jamais poderiam saber. Então percebeu que o pai acendia um *yaito*, depois o outro. Enrijeceu a musculatura das costas. Enquanto os cones se desfaziam e sua pele queimava, Haruo resistia, endurecia o espírito para que o objetivo do castigo não se cumprisse.

Quando só restaram cinzas, Hideo limpou cuidadosamente as costas do filho e disse:

"Haruo, você precisa aprender a ser *nihonjin!*"

Sentindo a pele arder, Haruo ouvia as palavras do pai e não conseguia entender como alguém podia aprender a ser *nihonjin.*

A professora lhe disse que se nascia brasileiro ou japonês, dependia do país onde se nascia. Não era algo que se pudesse aprender. Mas não poderia dizer isso ao pai. Era isto, na verdade, o que aprendia com o *yaito*: não poderia dizer ao pai o que ele não queria ouvir.

No dia seguinte, uma quinta-feira, Hideo extraordinariamente não foi ao cafezal de manhã. Após o café, vestiu a sua melhor roupa e foi à escola se queixar com a professora. Disse-lhe que sabia o que estava escrito na certidão de nascimento, que pelas leis e perante o governo o filho era brasileiro, mas pediu que não lhe dissesse mais isso, que estava criando um grande problema em sua casa. A professora, que era pequena, magra e falava num tom de voz apenas suficientemente audível, não se deixou intimidar pelo modo seguro, quase autoritário de Hideo. Explicou que havia um conflito na sala, que Haruo estava se sentindo excluído, que precisava saber que era tão brasileiro quanto os outros e, além do mais, não poderia deixar de falar na sala de aula sobre a pátria, sobre patriotismo. Hideo ouviu as explicações da professora em silêncio respeitoso, pois do pai aprendera que quando um falava, o outro escutava, mas logo aproveitou uma pausa dela e produziu sua nova argumentação, agora com mais atenção e mais lentamente, porque não era fácil convencer alguém em uma língua de que se conheciam poucas palavras, língua cuja sintaxe era um nó. Disse que ela era professora, e como professora deveria compreender que Haruo fora educado como um japonês, e que isso era muito mais importante que ter nascido no Brasil, que o filho, além de ter a cara de japonês, fizera-se japonês através da aprendizagem da língua japonesa, que falava melhor que a língua portuguesa, e da cultura japonesa, o que o qualificava como um japonês. Depois acrescentou que Haruo era um menino inquieto, que ele teria dificuldades no convívio com os japoneses da colônia e não se adaptaria ao Japão quando a família retornasse para lá se ela continuasse a insistir que ele era brasileiro. Disse tudo em voz baixa, mais contida que antes. Sabia que não poderia gritar com a professora, pois ela era uma autoridade, e ele estava no Brasil. Lembrou o ditado japonês: ao entrar na vila, obedeça aos que nela moram. Ela disse que ele deveria se orgulhar do filho, que era inteligente e sensível, e por isso saberia com o tempo distinguir entre o que ela lhe ensinava e o que lhe ensinava o pai, pois tinham razão os dois, e Haruo, então, era brasileiro e japonês, mas que ele, o pai, não insistisse em pedir a ela que não lhe dissesse que era brasileiro.

"A professora não entendeu."

Hideo não insistiu mais. Despediu-se com educação, curvando as costas, mas sem cordialidade, porque aquela mulher, tal como a preta que curara Kimie na fazenda Ouro Verde, lembrava-lhe que estava em terra estrangeira e que *gaijin*, na verdade, era ele.

Embora o que lhe ia na alma condissesse mais com passos lentos e olhos a acompanhar o chão, Hideo saiu da escola com o corpo ereto e os passos firmes de homem orgulhoso. Atravessou o pátio, imaginou que lá Haruo brincava no recreio com os moleques, a maioria *gaijin*, cruzou a entrada bucólica formada por dois grandes pés de flamboyants, com um pequeno banco de tora de grevílea sob cada um deles, e seguiu para o sítio. Antes de chegar à metade do caminho, tinha decidido cancelar a matrícula de Haruo no *burajiru gakkō*. Não poderia permitir que a escola o deseducasse, que a professora desmentisse a sua autoridade, que Haruo crescesse se sentindo um *gaijin*. Mas a estrada, que desde a escola não lhe chamara a atenção, pois era apenas um caminho por onde se vai e se vem, pareceu-lhe, de repente, longa e hostil. O sol implacável, que ainda não aprendera a aceitar na lavoura de café, agora molhava de suor a sua melhor camisa. E então a morte da mãe, o acerto de contas com o proprietário do sítio e o cansaço de anos de trabalho em terra alheia pesaram e inclinaram um pouco a cabeça, retardaram um pouco os passos. "*Okāchan*...", pensou — ou disse em voz baixa —, e ele, que era de pensar simples e direto porque no mundo se nascia para viver e aprender que dois mais dois são quatro, o vermelho é vermelho e ponto final, ainda elaborava a morte da mãe e não entendia se tinha alguma culpa. No dia anterior ao seu embarque, quando passara na sua casa para se despedir, prometeu que voltaria logo com bastante dinheiro, pois o Brasil era um país novo e próspero, com muita terra para a agricultura, e então ela se orgulharia do filho. A mãe, que sempre fora contra a ideia de Hideo se aventurar em um país tão distante, disse-lhe que fosse ao encontro de seu destino. E morreu treze anos depois, aguardando o filho voltar da escola, como se ele ainda fosse criança. Quantos anos ainda permaneceria no Brasil? Às vezes temia pensar, enfrentar a realidade que teimava em se impor. Era mais fácil levantar todos os dias muito cedo e trabalhar incessantemente no cafezal sem pensar nos anos que já estava ali ou nos anos que ainda trabalharia antes de retornar ao Japão. Retornaria, um dia, ao Japão? Satosan dizia que o melhor era se conformar, tentar construir uma vida no país que os acolhera e se tornara, afinal, a sua nova terra, fazer as crianças estudarem a língua portuguesa, que era o único modo de garantir que tivessem uma vida melhor no futuro. "Satosan parece que está virando *gaijin*", pensava Hideo. Na colheita ele o via conversando com os colonos italianos, até com negros e outros brasileiros, rindo, como se fosse um deles. E um dia, no armazém, Satosan sentou ao seu lado, com certeza para provocá-lo, pois não eram amigos de se sentarem juntos, e estava bêbado, suficientemente embriagado para dizer que fizera amizade com uns *gaijin* da cidade, gente esclarecida, que lia muitos livros e jornais, diferentes dos ignorantes que viviam no campo, e que esses *gaijin* lhe tinham dito que o imperador do Japão enganara os agricultores pobres e os desempregados da cidade, dizendo que deveriam emigrar porque poderiam ganhar dinheiro rapidamente no Brasil. E que, na verdade, era um projeto para expulsar a população pobre, pois havia muitos excedentes no país. Hideo não aguentou ouvir tudo calado, disse que eram mentiras inventadas pelos *gaijin* ou pelo próprio Satosan, que o próprio imperador havia sido enganado quando lhe disseram que no Brasil se rastelava dinheiro. Chamou-o de bêbado e de traidor da pátria e, vendo que eram inúteis as palavras, acabou por empurrar a mesa contra ele, derrubando-o. Enquanto levantavam Satosan, Hideo continuou: tinha a certeza de que sua pátria era o Japão, de que devia fidelidade ao imperador, que era um ser superior e iluminado. Por isso, na estrada que o conduzia de volta à casa, impondo a si a negação da dúvida que Satosan depositara em seu pensamento, ratificou a ideia de cancelar a matrícula de Haruo no *burajiru gakkō*. A estrada seguia sua curva, e logo veio uma longa reta, e já se avistava o sítio. Passou um carro de boi, cujo condutor, empregado de uma grande fazenda próxima, cumprimentou-o com um aceno de chapéu, e depois um Ford, e o carro de boi e o automóvel levantaram poeira, que se juntou ao suor inominável para derrubar a resistência de Hideo. A camisa o incomodava, não era a camisa de todos os dias, esses, sim, resignados com o sol. A que usava no momento era reservada para ocasiões especiais, alguma festa ou algum velório, e afligia-o tê-la grossa, com a poeira grudada à pele. E então foi mudando a ideia, pensou que talvez tivesse que manter Haruo no *burajiru gakkō* e depois, ainda, matricular o outro menino e as meninas, e todos iriam à escola aprender a falar, ler e escrever em perfeita língua portuguesa e a fazer contas para não serem enganados, para terem êxito no futuro. Sem querer, já pensava no futuro em terras brasileiras, talvez na cidade, onde os filhos poderiam exercer alguma profissão mais rentável que a de lavrador. Todos estudariam, mas e o sítio? Todos iriam ao cafezal pela manhã e estudariam à tarde, exceto na colheita, quando a lavoura exigia maior empenho, exceto Ichiro, que era primogênito e tinha que trabalhar o dia inteiro para ajudar o pai. Pois então estava decidido: Haruo continuaria no *burajiru gakkō*, e ele — pai tem que zelar pela formação do filho — diria o contrário se a professora seguisse tentando convencê-lo de que era *burajirujin*, aplicaria quantos *yaito* fossem necessários para domar o menino, pois ele parecia mesmo um bicho bravo, que não aceitava laço no pescoço.

E era.

Um dia, após a escola dominical de japonês, Ohara *sensei* foi à casa de Hideo se queixar de Haruo. Ohara *sensei* era um homem alto, de ombros largos e uma voz inesperadamente aguda, o que não o constrangia — pelo menos era o que parecia, pois gostava de falar muito e sempre em voz alta, talvez para exibir a sua fluência e a sua linguagem erudita, sempre elogiadas. Ele chegou se desculpando, disse que sabia o quanto *ojiichan* zelava pela educação dos filhos, que Ichiro era o filho que todos os pais desejavam ter, que Hitoshi era compenetrado e já sabia escrever vários kanjis, mas que não podia deixar de denunciar o mau comportamento de Haruo, que se não o fizesse estaria sendo negligente, que conhecia a sua grande responsabilidade como professor e conselheiro na comunidade japonesa. Disse que meu tio conversava durante as aulas e atrapalhava aqueles que queriam estudar, que fazia desenhos estranhos no caderno enquanto os companheiros realizavam as atividades, desenhos de porcos com asas e homens com rabos e chifres, que mal sabia todos os hiraganas. Hideo se desculpou pelo filho, disse constrangido que não sabia por que era assim, que os outros eram obedientes. Em seguida, chamou Haruo para repreendê-lo na presença do professor.

Quando Ohara *sensei* foi embora, Hideo ordenou: que despisse a camisa, que se deitasse no banco e esperasse. Haruo pensou: o *yaito* queimaria nas suas costas, sentiria a carne ardendo, mas fecharia os olhos com força, suportaria a aflição sem chorar e sem se convencer de que era merecedor do castigo. E então a pena não valeria, pois não resultaria em aprendizagem, pois *yaito* para isso servia, para o penitente refletir sobre a sua falta, e certamente seria grande porque o olhar de seu pai dizia que seria um bem grande, porque grande ele considerava que fora o seu erro. "Ora, então não vou ficar aqui esperando", concluiu.

Quando retornou à sala e não viu Haruo, o pai gritou alto: que todos procurassem pelo menino, que revirassem cada canto do sítio. E assim fizeram, e Ichiro trouxe o fugitivo, disse que ele estava atrás da tulha cavoucando ninhos de tatuzinho.

Quando sentiu a dor, Haruo pensou que as aulas de Ohara *sensei* poderiam ser melhores se ele sorrisse um pouco.

Ohara *sensei* retornou à casa de Hideo três domingos depois. Dessa vez foi direto ao assunto: naquela manhã, Haruo ficara sentado numa carteira próxima à janela e, em vez de prestar atenção às suas explicações, deixava-se envolver por um grupo de moleques que jogavam bola num pátio perto da escola. Quando lhe ordenou que sentasse longe da janela, reclamou que não entendia as explicações e por isso se desinteressava. Ohara *sensei* o colocou de castigo, fazendo Haruo ficar por dez minutos de pé, de costas para a turma, a um palmo da parede. Não adiantou. Após o intervalo, quando percebeu que o aluno não retornava à sala, foi à janela e o viu entre os moleques correndo atrás da bola.

Quando Ohara *sensei* se retirou, Shizue, que escutava a conversa da cozinha, correu à sala para tentar acalmar o esposo.

"Hideosan, por favor, não tome nenhuma atitude precipitada."

"Chame Haruo!"

"Sim, eu vou, mas o que vai fazer?"

Hideo olhou a esposa, e seus olhos eram mais tristes que raivosos. Pediu para chamar também os outros filhos, pois eles deveriam saber. Quando todos estavam reunidos, disse que era um pai benevolente, que se esforçava para manter os filhos unidos sob algumas normas porque no mundo ninguém pode fazer tudo o que quer, principalmente as crianças, pois elas precisam de adultos que apontem o caminho que devem seguir. E quem melhor que os pais para isso? Disse que Haruo há muito tempo desafiava a sua autoridade, e por isso decidira por uma punição severa: ficaria em *kinshin*, uma semana fora de casa, com a roupa do corpo e um par de sandálias. Poderia dormir com os bichos, abrigar-se na tulha, comer o que encontrasse no pomar, caçar passarinhos, depená-los, assá-los em espetos de pau. Não se apiedaria. Que ninguém abrisse a porta para ele, que ninguém lhe desse nada para comer, pois se alguém o fizesse também seria penalizado. Disse que Haruo teria tempo suficiente para refletir e retornaria arrependido. Shizue protestou, disse que não era para tanto, que lhe aplicasse outro *yaito*, que o filho adoeceria. Hideo, porém, não considerou a opinião da esposa.

Ao ser informado sobre a sua punição, Haruo pensou em buscar abrigo na casa de Hanadasan, que morava num sítio vizinho e era amigo de seu pai, além de ser pai de Tomio, que era seu amigo. Caminhou quinze minutos, encontrou Hanadasan no terreiro, onde espalhava o café com um rastelo de madeira. Seu filho catava torrões de barro, pequenos pedaços de galhos de pés de café e outras sujeiras do meio dos grãos ainda avermelhados. Tomio, que era camarada de Haruo em brincadeiras de meninos e tinha um ano a menos, interrompeu o trabalho, tarefa árdua e de grande responsabilidade para garoto pequeno, e correu para escutar o que o amigo tinha para dizer a seu pai, pois considerava estranho que uma criança visse seu companheiro e não se dirigisse a ele para convidá-lo para brincar ou simplesmente para estar ao seu lado, porque crianças se entendiam, isso sabia. Ao saber o que acontecera ao amigo, não se compadeceu dele, pois o fato trazia, antes do pesar, uma expectativa que o punha contente, e então pediu ao pai para que Haruo ficasse em sua casa, porque ele só tinha irmãs, e meninas eram chatas e choravam por qualquer coisa, e queria ter um irmão, ainda que fosse postiço, ainda que fosse só por uma semana. Porém Hanadasan, embora fosse contra o *kinshin*, pois para ele o pai não educava o filho colocando-o para fora de casa, pensou que não poderia correr riscos, que o menino poderia ser uma má influência para Tomio, único homem que sua esposa parira, que deveria crescer em linha absolutamente reta. Por isso recusou o pedido de abrigo. Antes disse tudo o que pensava, que Hideo estava sendo cruel, que estimava Haruo, mas que todo pai deve ter sua autoridade respeitada, que pai tem direitos e deveres. Depois passou as mãos grossas e sujas de trabalhador na cabeça de Haruo e disse para que tivesse juízo e fosse mais obediente.

Após a negativa de Hanadasan, Haruo concluiu que não poderia buscar ajuda em casa de *nihonjin*. Nenhum deles desafiaria a autoridade de seu pai. Então se lembrou de Pietro, lembrou-se de que era seu amigo, de que muitas vezes o ajudara nas tarefas da escola, passara-lhe cola nas provas. O amigo o escutou com o entusiasmo que Tomio manifestara ao saber da situação de Haruo, pois ambos eram crianças, embora um comesse polenta, e outro, *shirogohan*. Antes de falar com o pai para lhe pedir permissão, já fez planos, disse que Haruo dormiria num colchão de palha ao pé de sua cama, que um primo já dormira nesse colchão outras vezes, que sob os protestos de d. Ludovica conversavam até tarde, que ficavam calados por um tempo após a mãe ficar brava, mas logo voltavam a falar, pois era muito o que tinham para dizer um ao outro, e com ele e Haruo não seria diferente. Comeriam o bolo de mandioca de d. Ludovica, o bolo mais gostoso do mundo.

"Você vai ver, ô, japonês!", entusiasmava-se Pietro.

E brincariam com o bezerro da vaca Mimosa, que era um bezerro em que se podia montar, e à tarde dariam milho às galinhas, catariam ovos dos ninhos do bambuzal.

O pai de Pietro não acreditou em Haruo. Era Leonardo, homem que quase perdera o filho, não o Pietro, mas outro, o primogênito, numa luta desigual contra a maleita, e, por isso, porque o filho sobrevivera, acendia todos os dias uma vela para São Leopoldo, porque diante de sua imagem rezara chorando e fizera uma promessa, a de lhe acender uma vela em sua homenagem todas as noites durante o resto da vida, e o santo livrara o filho da doença. "Que pai teria coragem de impor um castigo desses ao filho?", indagou-se, e também à esposa, que lhe depositava crédito. Que desse uma bela coça com cinta, porque era essa a pedagogia que usava com Pietro e os outros, pois a dor que o filho sentia de uma cintada do pai era adubo para o seu bom desenvolvimento. Por isso, porque duvidava da sinceridade de Haruo, porque cedo as crianças aprendiam a mentir para conseguir o que queriam, Leonardo procurou o pai.

Hideo ficou surpreso e confirmou o castigo, dizendo que o filho teria que passar uma semana fora de casa. Só não explicou que, para o castigo ter um bom resultado, Haruo não deveria ter uma cama quentinha para dormir à noite, um prato de comida à mesa no almoço, como se estivesse em casa. Shizue apareceu de repente na porta, onde os dois homens conversavam, e Hideo se sentiu uma criança surpreendida em malfeito, encolheu-se. Mas que fazer do lenitivo que o italiano lhe trouxera? O sentimento de desafogo compensava o desconforto, mas que nunca ela comentasse — e ele sabia que Shizue jamais o faria — que o flagrara e o julgasse pelo fim do desassossego que o perseguia desde que o filho partira.

Quando Leonardo disse palavras de despedida, Shizue ainda se lembrou de algo, pediu para ele esperar, entrou e logo retornou com uma sacola. Fitou o marido um instante, pediu com os olhos o seu consentimento, depois entregou a sacola para Leonardo, informou que eram umas trocas de roupa, disse que não queria Haruo dormindo em casa alheia com roupa suja. Então foi a vez de Hideo pedir para Leonardo esperar um pouco mais. Entrou, voltou com uma mochila de pano. Era o material escolar de Haruo: ele não poderia faltar uma semana às aulas.

Ojiichan esteve preso uma vez

Tia Tomie fazia questão de pôr o assunto em pauta nas poucas ocasiões em que tios e primos se reuniam, totalmente indiferente ao constrangimento de alguns, ou talvez porque gostasse exatamente de provocar esse constrangimento. Há, para alguns, uma espécie de felicidade que nasce do desconforto alheio. Ela, que era noiva de tio Ichiro na época, lembrou que seu pai tentara persuadi-la a desistir do casamento por causa da prisão do futuro sogro:

"Ele até quis que eu conhecesse um tal de Teruo, que tinha um restaurante lá no centro. *Anta* lembra, Ichiro? Pensou se eu tivesse trocado *anta* por um dono de restaurante? Quem sabe como teria sido a minha vida? Mas, depois, *otōchan* mesmo não quis, achou que a imagem da família seria afetada se desmanchássemos o noivado, seria pior que ter um sogro que havia sido preso."

Todos se aborreciam com os comentários de tia Tomie, mas somente os seus filhos e netos se atreviam a censurá-la. Tio Ichiro se resignava. Ela citava detalhes da prisão de *ojiichan* de que ninguém mais se recordava. Quando o marido a questionava, dizia:

"*Anta*, então, não lembra?"

"Não foi bem assim."

"Eu tenho é orgulho de meu bisavô por ter sido preso", comentou Carlinhos um dia. "Ele não foi preso porque roubou ou porque matou, foi preso porque lutava por um ideal."

Observei tia Tomie lançar um olhar fulminante sobre o neto adolescente, que não se intimidou e prosseguiu:

"Quem hoje em dia luta por uma causa? *Obāchan*, *ojiichan*, hoje cada um enxerga só o seu próprio umbigo."

Tio Hiroshi lembrou a manhã ensolarada em que o pai retornara da delegacia após passar uma noite preso. Embora estivesse com a aparência cansada de quem não havia dormido, entrou na casa com a cabeça ereta, como alguém que retornava ao lar após um dia de trabalho.

Carlinhos completou:

"Ou como alguém que voltava da guerra e, mesmo que tivesse perdido uma batalha, ainda mantinha o orgulho e ainda tinha esperanças de ganhar a guerra."

Alguém brincou:

"Esse aí não pode ser seu neto, tia Tomie."

Tia Emi e tio Hitoshi não gostavam de comentar o fato, ficavam constrangidos. *Ojiichan* não se omitia, não se envergonhava, aprendia com a história e, dia após dia, folheava as páginas que contavam sobre aquela noite, sobre aqueles anos, nos retratos em que reconhecia elipses, acronologias. Já não lia as páginas sem as incômodas cataratas. Tia Emi e tio Hitoshi fechavam os olhos:

"Já faz tanto tempo: é melhor se esquecer."

Como se o tempo tivesse a propriedade do vento.

"*Ojiichan*, quando foi preso?"

A mão trêmula levou o cigarro à boca, que sorveu sofregamente a fumaça. Então estávamos no quintal, somente ele e eu, sentados em um banco tosco que tio Ichiro improvisara carinhosamente com duas toras irregulares e uma tábua velha para o descanso de *ojiichan*. O banco ficava encostado na parede da edícula do vizinho, no fundo do quintal, protegido do sol da tarde. Eu vejo tio Ichiro num domingo ensolarado, dia de folga na tinturaria, cortando com o serrote de dentes gastos as duas toras e a tábua, alinhando as toras na reta da parede, pregando a tábua, o suor respingando. Tio Ichiro era um homem reto. Sobre o banco, *ojiichan* equilibrava seus sessenta quilos todas as tardes para fumar o cigarro proibido pelo médico.

"Foi durante a noite, no dia 6 de abril de 1943."

Ojiichan jogou a bituca de cigarro no chão, esmagou-a com a pouca força que ainda tinha e curvou as costas, apoiando os braços sobre as pernas.

"Mas a prisão foi só um momento", disse.

Era o resultado do homem que se construíra, desde a fundação, na terra em que nascera, e a fundação fora realizada em poços profundos, com enchimento compactado. Tinha orgulho de ser *nihonjin*.

Antes, nos anos 30, Hideo demonstrou em uma briga no meio da rua a sua têmpera, o vigor que ainda tinha. Quem viu não se esqueceu. Tio Ichiro, que é um homem pacato e pacífico, e já o era na época, contrário a discussões, o que não se dirá, então, de embates corporais, diz que felizmente nunca mais viu o pai se atracar com alguém, só aquela vez. E tio Hiroshi, que era um garoto de treze ou catorze anos, lembra o orgulho que sentiu, lembra o primeiro soco, o fio de sangue no canto da boca daquele homem estranho, que de repente se tornara também seu inimigo. A fama de Hideo se espalharia, tornando-o quase um mito. Ele seria citado nas rodas de conversa como um herói da resistência japonesa, e o bairro se lembraria da briga durante muitos anos. Alguns contariam que Hideo quase matara o *gaijin*, o que não era verdade, porque foram somente dois ou três socos de cada lado, até que *ojiichan* fosse considerado vencedor pela multidão, pois o outro caíra e correra.

A briga tinha começado dentro da loja de Hideo, na rua Conde de Sarzedas, bairro da Liberdade, onde se reuniam os japoneses em São Paulo tentando a vida na capital, como outros que tinham deixado a vida no campo para encontrar nova sorte. O homem, um tipo que caminhava com passos pedantes, alto e magro, trajando roupas elegantes, entrou silenciosamente como se fosse um cliente qualquer, mas logo disse nos gestos e no olhar que não estava lá para comprar nada. Observou tudo com desdém, pegou algumas peças para devolvê-las quase que imediatamente à prateleira, como se tivesse receio de ser contaminado por elas. Deteve-se com um leque na mão, abriu-o e fixou os olhos propositalmente confusos em algumas inscrições. Depois disse em voz baixa, mas audível o suficiente para que todos os que estavam próximos pudessem escutar:

"Deveriam proibir esses rabiscos, não estamos no Japão."

Hideo, que já o observava, aproximou-se:

"O que o senhor deseja?"

Os olhos do homem caíram sobre Hideo como duas foices.

"Eu só estou olhando. Posso?"

"É claro que sim."

Então ele voltou a observar o leque.

"Eu estava dizendo que o governo deveria proibir esses rabiscos."

"Senhor, não são rabiscos, são uma obra de arte, são palavras escritas em língua japonesa."

"O senhor fala de um modo engraçado, eu não entendo muito bem, deveria aprender a falar melhor em português já que mora aqui."

Hideo se esforçou para diminuir o sotaque típico:

"Senhor, eu faço o melhor que posso, ninguém nunca reclamou, todo mundo compreende o que digo. Quanto ao leque, eu já disse que não são rabiscos, são palavras escritas em língua japonesa."

"Para mim não passam de rabiscos, e muito malfeitos."

Hideo pediu para ele se retirar, e o homem disse que não sairia, que tinha o direito de estar na loja como qualquer outro. E mais, que estava no Brasil, e a loja se localizava em solo brasileiro, em uma cidade que nascera a partir da fundação de um colégio pelos padres jesuítas portugueses Manuel da Nóbrega e José de Anchieta, que se dissesse bem, padres jesuítas portugueses, e que se um japonês podia ter uma loja no Brasil, ninguém poderia proibir um legítimo brasileiro de pisar nessa loja. Então Hideo pegou o homem pelo braço, levou-o para o meio da Conde de Sarzedas, pois não queria quebrar nenhuma peça da loja, não queria ter nenhum prejuízo por causa de um vagabundo que frequentava a Liberdade como um espião para depois falar mal dos japoneses.

Hideo conhecia o homem de vista e de fama. Chamava-se José de Oliveira, gabava-se de ser tataraneto de alguém que viera ao Brasil acompanhando o rei d. João VI em 1808, dizia a quem quisesse ouvir que os amarelos, como os negros, eram um estorvo, e lembrava a campanha do deputado Fidélis Reis, que já em 1923 apresentara ao Congresso Nacional proposta para reduzir a entrada de japoneses no Brasil, justificando a sua proposta na ideia que tinha de que a raça ariana era superior e responsável pelos progressos da civilização, como ensinava o francês Arthur Gobineau na obra *Ensaio sobre a desigualdade das raças humanas*.

"Nós nunca seremos um país desenvolvido com tantos negros e amarelos atravancando o nosso progresso", vociferava José. "Já vemos o desastre causado pela mistura de brancos e negros, essa raça degenerada que começa a frequentar os nossos salões, logo teremos um bando de mestiços de japoneses e brancos infestando as nossas ruas."

Em suas falas grandiloquentes, José dizia que os índios eram criaturas que conheciam o seu lugar, viviam tranquilos e muito bem no meio das matas, não se metiam a querer se misturar. Lembrava que Deus fizera os seres humanos diferentes, que se os quisesse iguais não haveria no mundo brancos, negros e amarelos. Ora, os homens, então, não deveriam interferir na ordem divina misturando seres que eram diferenciados, pois na natureza não se viam cachorros emprenhando gatas, cavalos emprenhando vacas. E ainda elogiava Antônio Xavier de Oliveira, que defendia a melhoria da raça brasileira, e Miguel de Oliveira Couto, dois médicos, que se preocupavam com o excessivo número de japoneses no país e falavam da ambição expansionista do Japão.

"Eles querem dominar o mundo, o governo deveria expulsá-los", dizia José de Oliveira. "Já invadiram a Manchúria, não demorará muito para mandarem suas tropas ao Brasil."

Hideo sentiu o sangue ferver ao vê-lo em sua loja, lembrou-se do sonho que um dia tivera com Fidélis Reis por causa de sua campanha de mais de uma década, mas com ecos que ainda feriam. Não o conhecia, nunca o vira nem em jornais, mas o imaginava alto, forte e de cabelos claros. No sonho, Fidélis Reis usava paletó e gravata, empunhava um revólver, e ele, Hideo, tinha nas mãos uma espada de samurai igual à que vira na casa de seu amigo Hikarisan, e estavam os dois em um descampado. O inimigo o olhava com um sorriso de deboche, seguro de que fácil o derrotaria. De repente havia dezenas de pessoas aguardando o combate, e todos estavam calados, apreensivos. Sua esposa tinha a cabeça baixa, temerosa de ver o resultado daquele duelo. Ele deu um grito e avançou sobre o inimigo com a espada levantada, mas o outro atirou. Que pode uma espada contra uma bala? Sentiu o metal penetrando a sua carne, levou a mão ao peito e despertou assim, com a mão sobre o coração, que pulsava, rápido.

"Minha prisão foi uma arbitrariedade", disse *ojiichan*.

Havia a guerra, e as pessoas pareciam estar enlouquecendo. Sempre entendera a cadeia como punição para quem matava ou roubava, era o que não se podia fazer no Brasil ou no Japão, em qualquer lugar, e então a polícia começava a prender *nihonjin* porque *nihonjin* era *nihonjin*. *Ojiichan* disse que em São Paulo a Superintendência de Segurança Política e Social publicara uma portaria que tornara um inferno a vida dos japoneses, bem como de italianos e alemães. Eu fui procurar nos arquivos da biblioteca:

Em face da ruptura das relações diplomáticas do Brasil com a Alemanha, a Itália e o Japão, faço público que ficam os súditos destes últimos países, residentes neste estado, proibidos:

• da disseminação de quaisquer escritos nos idiomas de suas respectivas nações;

• de cantarem ou tocarem hinos de potências referidas;

• das saudações peculiares a essas potências;

• do uso do idioma das mesmas potências, em concentrações, em lugares públicos (cafés etc.);

• de exibir em lugar acessível, ou exposto ao público, retrato de membros do governo daquelas potências;

• de viajarem de uma para outra localidade em salvo-conduto fornecido por esta Superintendência;

• de se reunirem, ainda que em casas particulares, a título de comemoração de caráter privado;

• de discutirem ou trocarem ideias, em lugar público, sobre a situação internacional;

• de usarem armas, mesmo que hajam anteriormente obtido o alvará competente, bem como negociarem com armas, munições ou materiais explosivos ou que possam ser utilizados na fabricação de explosivos;

• de mudarem de residência sem comunicação prévia a esta Superintendência;

• de se utilizarem de aviões que lhes pertençam;

• de viajarem por via aérea sem licença especial concedida por esta Superintendência.

Os salvo-condutos serão fornecidos todos os dias úteis, das 9 às 11 horas — das 14 às 18 horas e das 21 às 23 horas. Aos domingos das 14 às 17 horas.

Olinto de França Almeida e Sá,
major do Exército, superintendente
da Segurança Política e Social

Ojiichan disse que o Brasil não era um país de pessoas livres, que o governo perseguia mais os japoneses que os italianos e alemães porque eram diferentes, não se confundiam com os outros em meio à multidão. Não poder ter em casa livros escritos em língua japonesa, que disparate! Que livros, afinal, deveria ter um japonês em seus armários? Não poder falar em japonês, ora essa! Era a sua língua, que usava para dizer bom dia e boa tarde, para comentar os resultados do último jogo de beisebol, para perguntar o preço do repolho ao dono da quitanda, para ficar longas horas conversando com Hikarisan sobre a meteorologia, sobre como São Paulo estava crescendo, sobre a infância no Japão, sobre a guerra. Um amigo, Tanakasan, foi advertido por um policial na rua porque cumprimentara um outro dizendo "*konnichiwa*". E Noda *sensei* foi preso porque ministrava um culto budista em japonês.

"O senhor não está no Japão, padre!", disseram.

Ojiichan explicou que o nacionalismo pregado por Getúlio Vargas era só um modo de fazer figura diante do povo. O presidente queria que *nihonjin* virasse *gaijin*, queria o impossível, queria obrigar os japoneses a traírem a sua pátria. Mas quanto mais o governo pressionava, mais *nihonjin* se sentia *nihonjin*.

"Eram tempos difíceis", lembrou *ojiichan*.

Por isso se associou à Shindo Renmei, a Liga do Caminho dos Súditos.

"Shindo Renmei?"

Não era, ainda, a Shindo Renmei, pois a organização fora fundada com o nome Kodosha em 1945. Hideo lembrou a primeira reunião da Kodosha de que participara. Chegou à velha casa no bairro do Jabaquara com quinze minutos de antecedência, estava ansioso, queria saber o que era, como era. Então foram chegando os outros, todos muito sisudos. Chegou Shiroiti Hikari, que o indicara para fazer parte da associação, que o convidara para a reunião. Depois as expectativas foram se confirmando, tudo que o amigo lhe dissera correspondia ao que via e ouvia. O coordenador da reunião chegou com atraso, desculpou-se e se apresentou:

"Sou Teruhisa Tamioka, súdito do imperador."

Hideo sorriu satisfeito, compreendeu que o modo como se apresentara aquele homem apontava um princípio, o mais importante. Depois Teruhisa Tamioka disse do perigo que corriam cada vez que se reuniam, que tudo tinha que ser feito às escondidas, que confiava em cada um dos presentes para manter o sigilo sobre tudo o que se dissesse na reunião, pois a Kodosha gostaria de prosseguir as suas atividades para unificar a colônia japonesa no Brasil, para manter firmes os laços de fidelidade ao imperador.

Hideo se associou à Kodosha e, como tarefa, divulgava àqueles em quem confiava os propósitos da organização, conquistava simpatizantes e novos associados. Alguns *nihonjin*, embora apoiassem a atuação da Kodosha, tinham medo de represálias da polícia.

"São uns covardes", sentenciava Hideo aos colegas.

E, um dia, seu amigo Hikari lhe disse:

"Melhor, porém, que os traidores, os que agem como se fossem *gaijin*."

Hideo pensou em Haruo e se calou.

Um dia, lembrou *ojiichan*, um *nihonjin* de Araçatuba fora espancado até a morte porque desconfiavam que era um espião do governo japonês. E quando o Japão venceu a batalha contra Singapura, em 1942, e muitos pensavam que a guerra estava próxima do fim, ele e alguns amigos tiveram que comemorar em voz baixa, como se fossem todos criminosos. Quis tomar saquê, levara uma garrafa à casa de Hikarisan, mas alguém lembrou que não deveriam se embriagar, que acabariam se excedendo, que um vizinho poderia ouvir, chamar a polícia.

"Só um pouquinho", insistiu Hideo.

Não poderiam comemorar sem um gole de saquê. Então todos concordaram e depois brindaram e fizeram coro com um "*banzai*" vigoroso, embora com as vozes contidas.

Em casa, Hideo ainda podia seguir fiel ao imperador japonês e às tradições que trouxera no navio que aportara em Santos. Na hora do almoço, aos domingos, a família se reunia em torno da mesa, e só aos domingos, porque durante a semana dois ou três precisavam ficar na loja durante a refeição. Por isso Hideo exigia que, aos domingos, todos estivessem juntos durante o almoço. Ele sentava à cabeceira da mesa. À direita ficava Ichiro, que era o primeiro filho, e Hitoshi, o segundo, e à esquerda, Haruo, depois, Hiroshi, que era o mais novo. Antes de começarem a refeição, não se esqueciam, juntavam as mãos, diziam "*itadakimasu*". Hitoshi, Haruo e Hiroshi diziam rapidamente, já que a fome e a gula sempre tinham pressa, Hideo e Ichiro de modo pausado, pois eram o pai e o primogênito e haviam aprendido a controlar a ansiedade. A esposa, que também era mãe, e as filhas, que também eram irmãs, aguardavam de pé ao redor da mesa, enchiam o prato que ficava vazio, levavam ao fogão a tigela e a traziam de volta com o missoshiro fumegante. Haruo reclamava, não se cansava de reclamar: que sentassem também as mulheres à mesa, que era um absurdo aquele costume. Quando se casasse sentariam à mesa a esposa e o marido, um em frente ao outro, porque não era o homem melhor que a mulher para ser o primeiro, e também porque assim poderiam compartilhar juntos a mesma refeição. Elas seguiam de pé, a mãe um pouco cansada dos protestos do filho, pois o momento do almoço era sagrado, não era hora de levantar bandeiras inúteis, Emi falando muito, falando da escola, das colegas, do vestido de uma, do corte de cabelo de outra, esquecendo-se do prato vazio de Ichiro, que aguardava pacientemente.

Hideo era uma ponte firme que levava seus filhos ao Japão. Ponte de concreto, construída ao longo dos anos, com pilares grossos fincados na terra, sobre a água turva. Por que, então, Haruo não a atravessava?

"Não podemos viver no Brasil como se estivéssemos no Japão, mamãe", insistia Haruo com *obāchan*, que o escutava, ao contrário de *ojiichan*, que o deixava falando sozinho, cansado de ter suas ideias contrariadas.

"Não perturbe o seu pai, você não vai convencê-lo", pedia ela.

"*Otōchan* tem cabeça dura, não percebe que os anos passam e as coisas mudam, que é burrice se comportar aqui como se ainda estivesse no Nihon."

"Não chame *otōchan* de burro."

"Desculpe, *okāchan*, eu não quis chamar *otōchan* de burro, mas é que ele nunca ouve o que a gente diz, ele acha que sempre tem razão."

"E não é assim? *Otōchan* sabe o que é melhor para nós, sabe o que é certo e o que é errado."

"E *okāchan*?"

"Eu? Eu não sei nada."

"Como é que *okāchan* não sabe nada? Veja o mal que *otōchan* faz, ninguém pode dizer que não sabe nada. *Okāchan* devia dizer o que pensa, não devia dizer sim para tudo que *otōchan* diz. *Okāchan* tem medo de *otōchan*, não é?"

"Haruo, o que eu sei é que nós somos *nihonjin*, e *nihonjin* tem alguns costumes que são diferentes dos costumes de *gaijin*. *Otōchan* só quer viver dentro desses costumes, e eu respeito isso. Não é medo, é respeito."

"Para *okāchan*, respeito significa ficar quieta mesmo quando não concorda com alguma coisa."

Shizue ficou um instante calada, buscando palavras para dizer o que pensava. Tinha ideias na cabeça, ora, e foi o que disse. Não era estúpida como queria fazer crer o filho, sobre cada fato pensava alguma coisa e, à noite, antes de dormir, dizia ao marido isso e aquilo, descrevia o que acontecera durante o dia e comentava. Ao filho disse que morava no Brasil, mas não era brasileira, não podia virar *gaijin* só porque vivia em terra estrangeira, portanto não podia sentar à mesa junto aos homens durante as refeições como faziam as esposas brasileiras, não podia dizer não se *otōchan* lhe pedia algo, não podia se queixar das decisões do marido. Calou-se novamente, procurando alguma razão nos princípios do filho, e então disse que havia muito *gaijin* em que se podia confiar, que gostava de ver seu Paulo e d. Tereza andando pela rua de mãos dadas, mas não se sentiria à vontade para fazer o mesmo com *otōchan*, e que não vivia uma disputa para saber quem tinha razão. Muitas vezes gostava de conversar com *gaijin*, com d. Maria do açougue, por exemplo, que era uma mulher generosa, tão generosa que adotara uma criança de cinco anos que ninguém queria porque era retardada. Disse que nunca levantara a voz para insultar *gaijin*, era sua obrigação respeitá-los, pois estava em seu país.

Haruo aludia sempre a Cassio Kenro Shimomoto, de quem se tornara amigo, e ao seu artigo histórico publicado no jornal *Gakusei*, órgão da Liga Estudantina Nipo-Brasileira. Haruo guardava o recorte do artigo como uma relíquia e o lia: "Os brasileiros descendentes de japoneses têm uma grande responsabilidade perante a nação brasileira... Como podemos amar a terra de nossos antepassados? Se nem a conhecemos? Podemos ter quando muito um sentimento de respeito pela pátria de nossos pais, mas nunca a ideia de patriotismo pela terra dos crisântemos".

"É um moleque!", dizia Hideo ao se referir a Cassio.

"Mas o Japão é tão longe, papai", arriscava Haruo.

Hideo, sem vacilar:

"Haruo, não seja impertinente! O espírito não conhece distâncias! E o nosso espírito é japonês!"

Era isso que ensinava naquela noite aos vinte e poucos alunos amontoados num velho galpão de madeira. Meninos e meninas reunidos ao redor de mesas improvisadas com tábuas e cavaletes, sentados em longos bancos, com os cadernos repletos de hiraganas, katakanas e ideogramas. Hideo se propôs a ser professor voluntário porque aquelas crianças, impedidas pelo governo de ir ao *nihon gakkō*, não poderiam crescer como se fossem *gaijin*.

Os policiais chegaram sorrateiramente e, antes de invadirem o galpão, espiaram pelas frestas e viram as crianças sentadas, em silêncio absoluto, atentas ao que dizia *sensei*.

"Esses japoneses fazem lavagem cerebral", comentou um deles. "Crianças não se comportam dessa maneira."

Quando os homens entraram, Hideo não ofereceu resistência. Disse somente para que deixassem as crianças em paz e quis saber quem havia feito a denúncia. Os policiais, obviamente, não responderam. Recolheram todos os cadernos e dois livros do professor. Um menino tentou resistir, segurou firme o seu caderno, na outra ponta o policial, e os dois mediram forças, e cada um tinha a sua, a do braço e a da alma, e esta alimentava aquele, por isso a criança era quase homem, olhava o adversário como um igual, e o homem, que tinha a malícia que o menino ainda não alcançara, soltou de repente o caderno, e o menino foi ao chão. Hideo, que assistia à luta e via, orgulhoso, a força do menino, aproximou-se, então, disse-lhe em voz baixa que era verdadeiramente um súdito do imperador, ajudou-o a se levantar, pegou o caderno e o entregou ao policial, pois não adiantava resistir. Os alunos se encolheram num canto do galpão, algumas meninas choravam, todos emudecidos pelo medo.

Os homens de farda arrancaram as folhas dos cadernos e dos livros, fizeram um pequeno monte na rua e atearam fogo. As crianças, assustadas, observavam tudo em silêncio. Hideo, impassível, os braços firmes ao longo do corpo, era quase uma estátua.

"O que o professor ensina a vocês?", perguntou um policial a uma das crianças.

"Teijisan, você não precisa responder", orientou Hideo em língua japonesa.

"Ô japa, não pode falar em japonês!", repreendeu o soldado. "Você não conhece a lei?"

"Eu sou japonês, falo em japonês", retrucou Hideo, usando a língua portuguesa.

"É japonês, mas está no Brasil! E aqui no Brasil se fala o português."

Hideo ficou quieto.

"O que o professor ensina a vocês?", insistiu o soldado.

Novamente o professor orientou os seus alunos em língua japonesa a não responderem. Então levaram *ojiichan* preso.

Às vezes, penso em ir vê-la

Quando estou no bairro de Pinheiros, lembro que estou perto do apartamento onde ela mora. Ou morava, pois faz muitos anos que anotei seu endereço num pedaço de papel. De qualquer forma, nunca tenho em mãos esse papel e sempre estou com muita pressa. Então, meio sem querer, eu a procuro nas mulheres que caminham pelas ruas, aquelas que já têm os passos um pouco mais lentos, os cabelos grisalhos e voltam da padaria, do açougue ou do mercado. Nunca a encontro.

Cada macaco no seu galho, pensava *ojiichan*. O ditado aprendeu no Brasil, mas a ideia trouxera do Japão. Herança do pai, que jamais imaginaria galhos tão distintos. Sumie nunca concordara, mas teve dúvidas, teve medo, e demorou dez anos para pular ao galho vizinho. Entre um galho e outro, um espaço vazio, um abismo. Atravessá-lo era uma viagem com passagem só de ida. Ela sabia, mas pulou, decidida, sem olhar para trás. E então já era minha mãe, mãe de meus irmãos, esposa de meu pai, participante assídua do *Haha no kai* do *kaikan*, onde preparava sushis e *manjū* para as festas da comunidade e cantava canções de amor e de solidão que falavam de chuva e de saquê. E principalmente: continuava sendo filha de Hideo. Como pôde, uma filha de *ojiichan*?

Antes de ser minha mãe, mãe de meus irmãos, antes de ser esposa de meu pai, era Sumie, era filha de *ojiichan* e de *obāchan*, irmã carinhosa e dedicada de meus tios e minha tia. Mas, um dia, no balcão da loja de seu pai, onde se entediava em meio a guarda-chuvas, flores de tecido e porcelanas com singelos desenhos de cerejeiras, conheceu Fernando. Novembro mal havia começado, e já se esperava ansiosamente o mês de dezembro, quando o movimento aumentava por causa das compras de fim de ano. A loja estava vazia, e ele entrou com os passos desajeitados, indeciso, a camisa molhada de suor, os cabelos castanhos e encaracolados escorridos na testa, os grandes olhos verdes, meio tristes, procurando algo, alguém.

"Ele procurava por você", diria-lhe depois, rindo, a sua amiga Matiko. "Ele procurava por você, e você esperava por ele. Era um encontro inevitável."

"Que nada. Se eu estivesse esperando por ele, não estaria usando aquele vestido velho de algodão, com aquelas flores desbotadas."

Depois, muitos anos mais tarde, era ele quem lhe diria:

"Sabe que meus olhos tiraram uma fotografia sua naquele dia? Eu já a tinha visto de longe, você no balcão e eu na rua, mas era a primeira vez que a via de perto. Eu entrei e você saiu de trás do balcão e foi se aproximando, e essa imagem eu guardei aqui, no meu coração. Por isso posso dizer exatamente como você estava naquele dia. Estava linda, seus olhos puxadinhos, é, seus olhos puxadinhos me encantaram, seus cabelos eram tão lisos e pretos, nunca tinha visto cabelos tão lisos e tão pretos como os seus. E o vestido azul, com flores rosadas..."

Ela perguntou o que ele desejava, e Fernando respondeu que precisava comprar um presente para sua mãe, pois era o dia de seu aniversário. Ela, então, saiu do balcão e lhe mostrou vasos de porcelana, bandejas, caixinhas de música, leques. E pensava,

sentindo-se um pouco feliz e um pouco culpada: "como é bonito!".
E não disse tudo o que tinha que dizer, tudo que *ojiichan* lhe ensinara: os adjetivos de cada peça, a delicadeza dos desenhos, os
materiais resistentes, os preços mais baixos do bairro. Não preci-
sou, o cliente logo escolheu um vaso, e ela pensou que era homem,
e eles eram rápidos na escolha de um presente ou qualquer outra
coisa, por isso preferia atender aos homens que às mulheres. Depois Fernando confessaria: poderia ser qualquer peça, não era o
que importava, mentira, não era aniversário de sua mãe.

"Por que fingiu que procurava um presente?", quis saber Sumie.

Ele respondeu que não poderia dizer que entrara na loja somente para vê-la de perto, conversar com ela. Já a vira outras
vezes quando passava pela rua e então inventara a história do
aniversário da mãe.

No dia seguinte à compra do vaso, Fernando retornou à loja,
disse que precisava comprar um guarda-chuva, pois largara o
seu na agência dos correios, que retornara para buscá-lo, mas
não estava mais lá, os funcionários não sabiam de nada. E falou muitas outras coisas, que São Paulo se transformara em
uma cidade em que não se podia confiar em ninguém, que as
pessoas se apropriavam facilmente do alheio. Elogiou a loja, a
variedade de mercadorias, a beleza das peças. E com a voz um
pouco mais baixa, como se fosse um atrevimento o que dizia:
o excelente atendimento. Disse que sua mãe gostara muito do
presente e perguntara o endereço da loja, que o vaso já estava
na mesa da sala com meia dúzia de rosas vermelhas, mas que
não sabia até quando duraria lá, já que tinha um sobrinho que
parecia filho de capeta. Falava muito, mexia os braços.

"Sou assim quando estou nervoso", revelaria, dois meses depois. "Falo sem parar para não pensar."

Sumie, que não era quieta, pelo menos não como *ojiichan*
acreditava que ela deveria ser, escutava tudo calada, com pa-

ciência, não a de balconista, mas a de mulher. Por fim, quando Fernando se calou, perguntou, não o que queria, mas o que tinha que perguntar:

"Então o senhor deseja um guarda-chuva?"

Ele disse que sim, e ela lhe mostrou os modelos que tinha, e ele rapidamente escolheu um.

Outro dia, Fernando entrou na loja e pediu informações sobre um endereço, se ela sabia onde era a rua tal.

Um mês depois, Sumie confidenciou a sua amiga Matiko que ele a havia beijado. E que ela havia gostado.

"Fiquei quieta, sem saber o que fazer. Não conseguia pensar direito, lembro que pensei em *otōchan* um instante, mas foi só um instante, e eu sabia que deveria me afastar, mas não conseguia. Se *otōchan* souber, ele me mata!"

"Não seja boba, ninguém conta para o pai que beijou um rapaz, ainda mais se esse rapaz é *gaijin*."

"É, talvez ele não me procure mais, e então eu estarei me preocupando à toa."

Matiko sorriu.

"Mas... E se ele me procurar novamente?"

"É o que você quer, não é?"

"E se ele quiser namorar?"

"É o que você quer, não é?"

"Você sabe que eu não posso nem pensar em namorar *gaijin*."

"Eu sei."

"E então?"

"É simples: namore e não conte nada a ninguém. É claro que eu não estou incluída aí nesse ninguém. Eu quero saber tudo, com detalhes."

"Você leva tudo na brincadeira. Não lembra o caso da Sanae?"

Ninguém da colônia japonesa poderia se esquecer. Sanae era bonita, havia vários rapazes interessados em desposá-la, e o pai analisava com cuidado as propostas dos pretendentes. Ele era um imigrante severo, incondicionalmente nacionalista, crente na ideia da superioridade dos japoneses. Jamais permitiria que algum de seus filhos namorasse *gaijin*. Mas um *gaijin* alto, como nenhum *nihonjin* era, um *gaijin* de olhos castanhos, expressivos, de mãos grandes, que nenhum *nihonjin* tinha, de um sorriso perseverante, de cabelos castanhos e ondulados, de verbos de mel, que nenhum *nihonjin* conjugava, parou em frente a Sanae. Ela levantou os olhos, quase emocionada, e ele lhe disse que era bonita como uma manhã de primavera. Dois meses depois, numa madrugada escura, Sanae colocou algumas roupas numa sacola, poucas, que o amor que tinha lhe bastava, e, sem olhar para trás, saiu. Ele a esperava na rua.

Durante dois anos, não deu notícias. Um dia bateu palmas em frente à casa do pai. Ele abriu a porta e viu a filha, que tinha emagrecido, que não era mais tão bonita e usava um vestido velho. Estava com uma criança no colo. Ficou um instante parado, olhando, depois fechou a porta. Ela, então, falou alto:

"*Otōchan*, por favor!"

A porta se abriu novamente. Agora eram o pai, a mãe e dois irmãos. Os dois rapazes olhavam a irmã assustados, não sabiam o que fazer. A mãe, com os olhos cheios de lágrimas, deu um passo em direção à filha, mas uma única palavra do marido, firme, a fez recuar.

Sanae, com a voz embargada, estendeu os braços com a criança:

"*Otōchan*, é seu neto."

Uma voz seca e burocrática respondeu:

"Eu tenho dois filhos, Hatsuo e Hideyuki, estes que estão aqui ao meu lado, que sempre permaneceram ao meu lado. Eles ainda não se casaram. Portanto, eu não tenho nenhum neto."

"*Okāchan*...", sussurrou a filha.

"Sanae..."

O pai puxou a mãe pelo braço, fez um sinal com a cabeça para os filhos, e todos entraram. E a porta se fechou novamente. Sanae ainda gritou, pediu perdão, disse que havia sido abandonada, chamou pela mãe, chamou pelos irmãos. A porta não se abriu mais.

Alguns vizinhos que acompanharam a cena contaram que Sanae ainda ficou durante aproximadamente trinta minutos em frente à casa dos pais, sentada na escadaria que dava acesso à varanda. Quando a criança começou a chorar, discretamente abriu a blusa e deixou que ela mamasse em seu peito. Depois levantou e desceu a rua, olhando de vez em quando para trás, até dobrar uma esquina.

Ninguém sabia dizer com certeza o que lhe aconteceu depois. Alguns diziam que estava no Paraná, trabalhando como empregada doméstica. Outros comentavam que havia sido vista em Santos, numa casa de prostituição.

A história de Sanae se espalhou rapidamente. Comentava-se sobre ela no *kaikan*, no *undōkai*, nos cultos das igrejas budistas, nas conversas de quitanda. E seu exemplo predicava o que não se deveria fazer.

"Como pode um pai rejeitar a filha desse jeito?", indagou Matiko.

"Meu pai faria o mesmo."

"O que será que aconteceu com ela?"

"Eu não sei, mas deve ser uma mulher infeliz, sozinha, com um filho para criar. E não a critico se ela virou prostituta. Eu só não quero que aconteça o mesmo comigo. Fico pensando que o Fernando pode ser igual ao homem que iludiu Sanae."

Não era, convenceu-se Sumie após quatro meses de namoro às escondidas, como Matiko sugerira. Fernando era gentil e a amava. E foi ele quem lhe disse para conversar com *ojiichan*, pois um pai sempre quer a felicidade dos filhos, e ela disse que não adiantaria, que se Fernando o conhecesse saberia que seu pai era um homem conservador e intransigente. Ele ameaçou, sorrindo: um dia apareceria em sua casa sem avisar e se apresentaria à família, diria que exercia uma profissão, que era advogado, e que tinha intenção de se casar com Sumie, que a amava. Ela reagiu energicamente: seria expulso da casa, seria o fim definitivo do namoro. Ficaram algumas semanas assim, ele insistindo para que ela contasse ao pai sobre o namoro, ela repetindo que não adiantaria, até que, num almoço, o pai confirmou o que Sumie já sabia. Ele disse que lamentava que a caçula de Oshirosan estivesse namorando um *gaijin*, que era uma vergonha para a família, que se fosse sua filha não permitiria, que se houvesse teimosia a expulsaria de casa, e, então, seria como se ela tivesse morrido. Por isso, um dia, Sumie concordou com a ideia do namorado: esperar todos dormirem, colocar algumas roupas numa mala pequena, escrever uma carta de despedida para os pais e os irmãos e esperar o relógio marcar duas horas da madrugada.

Pouco depois da meia-noite, Sumie se orientou com a leve iluminação que vinha da janela e retirou do armário as poucas roupas que levaria. Depois, com a pequena mala no chão, perto da porta, sentou na cama. Ainda faltava mais de uma hora. Emi dormia na cama ao lado. Sumie a observou e viu traduzida no rosto da irmã a história que interrompia. Lembrou-se do sítio em que fora menina e feliz, brincando com os irmãos no riacho, correndo no meio do cafezal. De repente, interrompeu as lembranças, pensou que não deveria pensar, pois acabaria desistindo. Não conseguiu. E pensou. O pai, impassível, com a mesma voz que usava para impor normas na casa, renegaria a filha. A mãe choraria dias seguidos, e os irmãos se envergonhariam — exceto Haruo — e deixariam de frequentar o *kaikan* por algum tempo, até que as pessoas parassem de comentar. Por isso, e talvez porque soubesse que sua mãe, às vezes, levantava-se de madrugada para tomar água, foi à cozinha e esperou.

Shizue encontrou a filha sentada à mesa.

"O que faz acordada a essa hora?"

"Ah, *okāchan*, estou sem sono."

Shizue bebeu um pouco de água da moringa.

"Vê se não fica muito tempo acordada. Amanhã você precisa levantar cedo para trabalhar na loja."

E foi caminhando em direção à sala. Parou ao ouvir:

"*Okāchan*, a senhora é feliz?"

Ela não respondeu.

"*Okāchan*, me desculpe."

Shizue ficou ainda alguns instantes parada, a um passo de sair da cozinha. Era uma pergunta sem propósito. Não era uma pergunta que uma filha possa fazer à mãe. Nunca dera essas intimidades a Sumie. Eu me lembro de *obāchan*: o corpo rechonchudo, mas com uma aparência frágil. Silenciosa, sorridente, cordata. Quando íamos a sua casa, meus irmãos e eu, ela fazia *oniguiri* e os deixava um tempo na frigideira quente, até que se formava uma casca dourada, crocante, e então os comíamos com fatias de omelete e *tsukemono* de pepino, e parecia não haver nada mais gostoso em todo o mundo. Não tirava o avental para sentar à mesa. Falava pouco, falava das verduras de uma pequena horta que tinha nos fundos da casa, dos ensaios de dança para a apresentação de fim de ano no *kaikan*, da muda de orquídea que ganhara de não sei quem. Era assim o seu modo de falar de felicidade. Mas Sumie perguntara se era feliz, e teria que responder. Não poderia fazer como Hideo, que diria uma frase dura, definitiva, e voltaria ao quarto. Por isso sentou ao lado da filha, sem tocá-la.

Sim, era feliz, respondeu. E foi falando devagar, como alguém que ainda aprendia a traduzir em palavras os pensamentos. Era difícil falar. Sim, era feliz: tinha um marido bom, trabalhador, que preservava na família os costumes de sua gente; tinha seis filhos saudáveis, que trabalhavam sem reclamar, que lhe dariam netos, que correriam pela casa e que iriam ao *undōkai*.

"Até o Haruo?"

"O Haruo é diferente dos outros, desde pequeno preferia brincar com *gaijin*. Uma vez, não sei se você se lembra, passou uma semana em *kinshin* na casa de um amigo, um italianinho. Era para ser um castigo, mas não foi, ele gostou muito... E aprendeu mais coisas de *gaijin*, voltou falando coisas em italiano, pedindo para eu aprender a fazer polenta. Mas Haruo é *nihonjin*, um dia ele vai perceber."

"E *okāchan*?"

"Já disse."

Shizue se calou por alguns instantes, com os olhos fixos na prateleira de panelas, procurando motivos. Por fim:

"Eu sou feliz quando vocês e *otōchan* estão bem. E todos vocês estão bem, não estão? Veja, conseguimos montar nossa loja, e foi com tantas dificuldades. Ela prosperou. Tantos problemas que enfrentamos desde que chegamos do Nihon..."

"Eu sei, *okāchan*."

"E então?"

"*Okāchan* já se imaginou casada com outro homem?"

"Sumie, eu não penso nessas coisas."

"Nunca pensou?"

Ficaram as duas em silêncio. Sumie aguardava as palavras de *obāchan*. Palavras interditas em conversas de mãe e filha. Por isso Shizue tardava, elaborava as ideias, não sabia direito como dizê-las. Por fim começou. Disse que, quando *ojiichan* ficou viúvo e foi morar em sua casa, teve medo, quis pedir ao pai que o mandasse embora. Não o fez porque de nada adiantaria, seus receios não alterariam uma decisão do pai. Conhecia *ojiichan* da colônia, via-o nos trabalhos do cafezal, via-o com Kimie, via que a tratava com rispidez, e ela estava sempre triste. Conhecia a fama que tinha de homem severo, intransigente. Não lhe tinha simpatia. Por isso, quando o pai lhe disse que se casaria com ele, ficou assustada, tentou argumentar que não estava preparada, que alguém havia lhe dito que se casar com homem viúvo atraía má sorte, mas foi em vão. E havia um rapaz, Morio, de quem gostava, porém disso guardou segredo, pois não era assunto para conversa de pai e filha. Ninguém sabia de nada, e Shizue também não sabia o que ele pensava dela, se gostava, se lhe era indiferente. Uma vez ele a olhou nos olhos, mas foi só por um momento.

"Talvez ele também gostasse de *okāchan*, talvez pudessem ser felizes se se casassem."

"Você diz como se *otōchan* não existisse."

De que adiantava pensar que poderia ter sido diferente? A vida lhe reservara um homem bom, exigente e duro, de quem aprendera a gostar e a quem aprendera a respeitar. Assistiu a sua batalha diária, primeiro na fazenda Ouro Verde, depois no sítio que arrendara com seu pai, empunhando a enxada aos sábados e domingos, só guardando o dia do Imperador, por fim na pequena loja no bairro da Liberdade. Viu o marido trabalhar sem descansar para retornar ao Japão, depois viu seu sonho se acabando aos poucos. Ele nunca lhe disse que desistira, mas não era preciso que lhe dissesse. Não bastava o dinheiro da passagem. Hideo não se submeteria à humilhação de voltar ao Japão na mesma condição em que saíra de lá. E havia os filhos. A vida. Sem que se reconhecesse, uma nova vida, que não era a vida japonesa nem a vida brasileira, organizara-se à sua volta. Então Hideo seguia trabalhando e, um dia, não se sabia exatamente quando, passara a dizer: "Eu vivo para os meus filhos". E confidenciava aos amigos o que nunca lhe dissera: que ela era uma grande companheira, muito diferente da primeira, que era franzina, que pensava que nevava no Brasil.

Shizue levantou, deu a conversa por encerrada. Antes de sair, perguntou à filha se não poderia chamar de felicidade a superação de tantas dificuldades, ter ao lado um marido firme, criar os filhos com atino. Sumie fez que sim com a cabeça, reafirmou:

"*Hai, okāchan.*"

No corredor, Sumie viu o relógio pendurado na parede: 1h45min. A conversa com a mãe enfraquecera a sua determinação. Por isso, pensou em Fernando. Entrou no quarto, pegou a mala e se dirigiu à porta da sala.

"Sumie, não vá."

Era Ichiro.

"Sumie, não vá."

Ela virou para o irmão e começou a chorar. Não iria mais, sabia disso, mas insistiu:

"Eu tenho que ir."

Ele se aproximou.

"Não vá sofrer o mesmo destino de Sanae. O seu lugar é ao nosso lado."

Ela ficou parada.

"Não fuja como se fosse uma ladra, seria uma vergonha. Pense bem, não daria certo, *nihonjin* é *nihonjin*, *gaijin* é *gaijin*, e não tem essa história de que *nihonjin* é melhor que *gaijin*, não é isso, é que... Imagine, ele não vai gostar da comida que você fizer, vai implicar com a nossa religião, e você não vai deixar de ir ao templo budista, não é? Ele logo vai se cansar, você vai sentir falta do ofurô, do *tsukemono* de *okāchan*, de todos nós, e será pior que perder alguém que morre, porque com a morte a gente se conforma. E mesmo que não seja assim, mesmo que você se acostume com vida de *gaijin*... Sumie, não seja egoísta, pense em *otōchan*, pense em *okāchan*, em todo o sofrimento que você vai causar. Fique, e um dia você se casará com um *nihonjin* que seja trabalhador, será feliz com ele."

Sumie voltou ao quarto. Da janela viu Fernando em frente ao portão. Então, de repente, o portão lhe pareceu um lugar distante, envolto em brumas, e ela pensou que não eram somente alguns passos que a separavam dele. Mas precisava dar-lhe uma explicação. Quando abriu a porta da sala, Ichiro surgiu novamente na entrada do corredor.

"Eu só vou conversar com ele, preciso dar uma explicação."

E foi. Na rua, Fernando lhe perguntou por que estava sem mala, e ela lhe disse que desistira, que seu irmão descobrira e pedira para ela não ir.

"Então é isso."

"Não é só isso."

"O que mais?"

Sumie explicou que, ao fechar a mala e ver a sua irmã deitada, sentira-se culpada por estar fugindo. Depois, quando a mãe lhe disse que era feliz porque o marido e os filhos estavam bem, as suas certezas, que já estavam abaladas, e então não eram mais certezas, desapareceram. Por isso, quando Ichiro apareceu, sentiu alívio.

"Mas tínhamos tudo combinado, eu tenho aqui no bolso as passagens para o Rio de Janeiro, meu amigo já alugou uma casa para nós."

Ela segurou as duas mãos de Fernando.

"Fiquei com medo."

"De quê?"

"De que você não goste da minha comida."

"Ora, que bobagem!"

"O arroz que cozinho não tem sal, não tem óleo, eu tempero os legumes com molho de soja, às vezes com missô, você não iria gostar, e eu não gosto de arroz com óleo e sal, uma vez comi e não gostei nada."

"Eu como arroz sem sal, sem óleo, eu como qualquer coisa para estar junto de você."

"Não é isso."

"Não é isso?"

"Não, não é isso. É só uma coisa em que pensei... É que eu tenho medo... Meu pai, minha mãe, meus irmãos."

"Você tem medo deles?"

Não, explicou, não tinha medo deles. Mas pensava na reação de cada um, o que sentiriam, o quanto sentiriam: o pai sentiria vergonha, a mãe sentiria pena. Pensava na decepção do pai. Pensava nas lágrimas da mãe. Tinha medo de ficar longe deles e se perder. E também tinha medo de que eles se perdessem de algum modo. Estava acostumada a viver com eles, não saberia viver distante.

"E não tem medo de viver longe de mim?"

"Eu não quero viver sem você, mas também não sei o que é viver com você. O que eu sei é que tenho medo de perder o que tenho agora."

Depois lhe explicou sobre o *on*. Era um dever, um compromisso de lealdade. Era filha, e uma filha tem pais, sobretudo pai. Era irmã, e irmã de um irmão mais velho. Era assim.

"Me perdoe."

Então ele se foi.

E se passou um ano. E Hideo pensou que era hora de Sumie se casar. Procurou Sadaosan, que era casamenteiro:

"Sadaosan conhece Sumie. Ela é muito bonita, como poucas aqui na Liberdade. Mas isso não é o mais importante. Ela é prendada. Sabe cuidar de uma casa, cozinhar, fez o curso completo de corte e costura, se formou com distinção, foi ela quem costurou esta camisa. E canta bem, quem se casar com ela vai se orgulhar de vê-la cantando nas festas do *kaikan*. Por isso quero alguém que esteja à altura dela. E hoje em dia a gente precisa ficar muito atento, Sadaosan sabe, há muitos rapazes aventureiros, que não gostam de trabalhar, que não seguem os nossos costumes. Se estivessem no Japão, não seria assim. O rapaz não precisa ser rico, mas deve ter boas perspectivas, deve ter ambição. Eu não quero ver minha filha passando necessidade."

Sadaosan achou que esse rapaz poderia ser Shigueru, Hidemitsu, Fumio, Fumiyaki, Ossamu. Vovô achou que o rapaz deveria ser Hidemitsu.

Sumie conheceu Hidemitsu, que era baixo, que tinha a pele queimada pelos anos em que trabalhara na lavoura, que tinha o olhar duro e direto como o de seu pai. Achou que era baixo demais, que tinha bochechas cheias demais, que falava alto demais. Falou ao pai, não de suas razões, que elas não o convenceriam, mas de outras, que inventou, disse que Hidemitsu lhe confidenciou que pretendia comprar terras no Pará e se mudar para lá. Então *ojiichan* chamou Sadaosan, pediu para que apresentasse Fumiyaki à filha. Mas Sumie também não gostou de Fumiyaki, que era gordo e pedante, orgulhoso da casa bonita e confortável que tinha, das roupas que vestia. Sumie disse ao pai outra mentira: que ele era doente, e que isso lhe haviam contado as suas amigas. O terceiro, Fumio, era tímido, gostava de levá-la ao cinema, e Sumie acreditava que era porque durante uma hora, uma hora e meia, podia ficar quieto sem sofrer com isso. Ela conversou com o pai, disse que não poderia casar com alguém que era praticamente mudo, que não tinha iniciativa para nada, e Hideo, que admirava homens impetuosos e de atitude firme, concordou com a filha. Ossamu, meu pai, foi o sexto, e Sumie não tinha mais mentiras para contar. Sobre o último, que era um jogador de beisebol, disse a *ojiichan* somente que não gostara, e ele lhe perguntou se queria morrer solteira. Ossamu era *issei*, não usava palavras em português misturadas ao japonês ao falar, o que para Hideo significava muito. Viera do Japão quando era criança e trabalhava com o pai numa pequena empresa de exportação. Chegou à casa de Hideo com um embrulho nas mãos, curvou-se longamente diante de *ojiichan*, depois diante de *obāchan*, a quem entregou o que trazia, explicando que era um rolo de sushi que sua mãe fizera. Hideo gostou de Ossamu, de sua polidez, do modo como se vestia, e permitiu que ele levasse Sumie para tomar sorvete num lugar próximo. Ela se deixou levar. Depois diria a sua amiga Matiko:

"Ele é gentil."

"É pouco."

"Parece realmente interessado em casar comigo."

"Ainda é pouco."

"É simpático."

"E o Fernando?"

"O Fernando foi um sonho, e eu acordei."

Agora a realidade lhe apresentava Ossamu, e todos diziam que era educado, que parecia ser um bom homem, e sua mãe, que tivera uma boa impressão dele, e é claro que para essa impressão ajudara o sushi que ele lhe levara, pediu à filha para dar uma chance a ele, para não dispensá-lo rapidamente como fizera com os outros, disse que seria um bom marido e um bom pai para os seus filhos, que teria tempo para conhecê-lo, que o casamento não seria para o dia seguinte. Finalmente *ojiichan* lhe chamou para conversar, declarou-se um homem justo, que acompanhava a evolução e permitia que ela tomasse a decisão, que se fosse em tempos pretéritos o pai decidiria pela filha, e era ponto final, mas que já se impacientava, que uma mulher não podia demorar tanto tempo para realizar uma escolha, que não apareceria melhor pretendente que Ossamu. Nesse mesmo dia, ela disse sim.

Então Sumie casou com Ossamu.

Os anos que se seguiram fizeram minha mãe ir murchando. Não bastaram os adjetivos de Ossamu, que foram se confirmando, mas eram insuficientes para fazê-la feliz. E quem sabia de sua infelicidade? Não eram indícios as músicas que cantava no *kaikan*, invariavelmente tristes, particularmente uma, reiterativa, que contava uma história de amor em Yokohama, que descrevia a mulher atrás da janela de vidro, num dia de chuva, observando o homem que ia pela rua protegido por uma capa, que partia para sempre. Também não eram indícios os seus olhos parados, perdidos em algum ponto que, depois, ela não conseguiria identificar. Ossamu cultivava os seus adjetivos, dava dinheiro à esposa para ela comprar o que era necessário para a casa, levava-a ao *kaikan*, ao templo, e estava tudo bem. Quando Sumie lhe pediu, depois de dois anos de casada, para voltar a trabalhar na loja do pai, ele disse não: era seu dever cuidar da casa e do meu irmão, que tinha um ano. Não lhe faltava nada, por isso não tinha motivos para trabalhar. E ela se conformou: varreu o quintal com a vassoura de piaçava, teve uma filha, foi à quitanda comprar verduras, legumes e frutas, teve outro filho.

Um dia, Matiko, que também se casara e tinha meia dezena de filhos, perguntou-lhe se estava bem. E não foi quando chegou, quando cumprimentou a amiga, mas no meio de uma conversa, ela sentada à mesa da cozinha, Sumie de costas, preparando bolinhos de chuva. A resposta foi, primeiro, um silêncio de meio minuto, que Matiko respeitou: não era mais a menina ansiosa de alguns anos atrás. Depois, enquanto fritava os bolinhos, Sumie repetiu o que sua mãe lhe dissera na noite em que não tivera coragem de partir: Ossamu estava bem, os filhos estavam bem, então estava tudo bem.

"Você tem a sua casa, as suas coisas", observou Matiko. "Você teve sorte."

Sumie sabia das dificuldades da amiga, que vivia amontoada com o marido e os filhos na casa da sogra. Numa ocasião ela lhe dissera que, quando a visitava e via móveis tão bonitos e tudo tão organizado, não tinha vontade de retornar, pois, na sua casa, as caixas de verduras que o marido e a sogra usavam na feira ficavam espalhadas pela sala e pela cozinha.

"Quando éramos solteiras, você não se preocupava com essas coisas."

"Pois é, parece que isso faz um século. E há um século eu jamais imaginava o futuro que vivo agora. Você, sim, teve sorte realmente. Viveu uma linda história de amor quando era o momento de viver uma história de amor. Depois, quando era o momento de viver a vida como a vida é, casou-se com o homem certo."

Matiko seguiu se lamentando. Casara-se com um *nihonjin* pobre agarrado às saias de uma mãe viúva porque tinha medo de ficar solteira. Agora, quando deveria ter a sua cozinha para cozinhar para o marido e os filhos, cozinhava na cozinha da sogra a comida de acordo com o cardápio que ela, a mãe de seu marido, impunha. Aquela mulher moderna e determinada que aconselhava Sumie a não desistir do homem por quem se apaixonara era uma personagem que criara para tentar superar o seu complexo de inferioridade. Agora não tinha coragem nem para impor o seu real papel de esposa, dizer à sogra que ela também gostaria de decidir sobre o que comer, o que preparar para o jantar do marido e dos filhos. E quando via a casa acanhada em que vivia, pensava que era parecida com ela.

Sumie, que terminara de fritar os bolinhos de chuva e sentara à mesa para dar atenção à amiga, sorriu:

"Tome, coma um bolinho."

Matiko comeu:

"É uma delícia!"

"É diferente, eu misturei na massa uma banana bem madura. Eu te explico como se faz. Quando tiver oportunidade, frite alguns para a sua sogra. Ela vai gostar."

"Ela sempre inventa algum defeito em tudo o que faço. Vai dizer que a banana deveria estar mais madura ou mais verde, eu tenho quase certeza."

Sumie pegou as mãos da amiga e as apertou. A menina cheia de ânimo que lhe dizia para nunca deixar de sorrir se perdera entre caixas de feira. E ela, Sumie, era a pessoa menos indicada para tentar reanimá-la. Disse a Matiko que estava tudo bem, mas ela a conhecia suficientemente para perceber insegurança na frase afirmativa e no sorriso. Por isso, ao se despedir, Matiko disse:

"Sumie, é pecado ser infeliz quando se tem tudo para ser feliz."

O que tinha não era suficiente, mas ninguém percebia. Eu também não a via triste. Mas hoje a vejo: ela riscava o fósforo para acender o fogão, colocava uma panela com arroz na chapa preta, acrescentava água, fechava, punha a mesa, tirava a mesa, lavava a louça. Sentado no chão de cimento da cozinha, o dedo polegar na boca — o vício até os nove anos, o prazer às claras para minha mãe, censurado por meu pai, longe de *ojiichan* —, eu a via: ela riscava o fósforo para acender o fogão, colocava uma panela com arroz na chapa preta, acrescentava água, fechava, punha a mesa, tirava a mesa, lavava a louça. Até que, um dia, apareceu um homem. Ele lhe disse que continuava bonita como antes, mas que se tornara uma mulher triste. Onde estavam os vestidos coloridos que usava? Por que cortara os cabelos? Um mês depois, sentado no chão da cozinha, o dedo polegar na boca, não a vi mais.

Na noite da partida, Sumie repetiu o que fizera anos atrás: sem acender as luzes, pois as luzes incomodariam Ossamu, que se incomodava mais com luzes que com barulho, retirou do guarda-roupa o mínimo necessário, colocou as roupas numa mala.

Depois foi à cozinha, escreveu ao marido uma carta de poucas linhas: que era um bom homem e um marido exemplar, que os filhos eram bons, mas que isso não era suficiente para fazê-la feliz, e por isso os deixaria para viver com o homem que amava, o homem com quem deveria ter partido dez anos antes, um homem que o pai não aceitaria, pois era *gaijin*. Retornou ao quarto, deitou-se ao lado do homem que abandonaria. Quem era? Era o homem-com-quem-se-casara. Era o pai-de-seus-filhos. Era o homem-que-comia-a-comida-que-lhe-preparava-e-vestia-as--roupas-que-ela-lavava-e-passava. Era o homem-que-trabalhava--e-repetia-que-o-trabalho-dignificava-o-homem. Era o homem--que-dia-após-dia-fazia-o-que-se-esperava-dele. E como tudo isso poderia significar tão pouco? Que egoísmo era aquele que fazia ela supor que tinha direito a abandonar aquele homem?

Depois, ainda deitada, pensou nos filhos. Pensou em cada um, e de repente eles estavam distantes, como se fossem crianças sobre as quais alguém lhe contara. Então os via com a dificuldade de quem precisa formar as imagens com as poucas informações que tem. Eram seus filhos? Claro que eram, e era absurdo que perguntasse a si mesma se seus filhos eram seus filhos. Mas, às vezes, eles pareciam realmente estranhos, como lhe parecia estranho o seu marido. Então sentava à mesa, servia-se da comida que preparara, observava o marido atrás dos óculos, preocupado com algo que nunca lhe dizia, com os negócios da empresa, provavelmente, e observava os filhos, que falavam alto, riam, e via a si mesma como alguém que estivesse visitando aquela família. Sua mãe lhe diria que tinha uma vida confortável proporcionada pelo trabalho digno de Ossamu, que ele era um bom marido e que os filhos eram saudáveis, e que a esse conjunto chamaria felicidade.

Levantou com cuidado para não despertar o marido, porque a surpresa ele teria de manhã, quando não a encontrasse na casa, quando lesse a breve carta que já deixara sobre a mesa da cozinha. Antes de fechar a porta atrás de si, Sumie olhou o marido pela última vez e disse num sussurro:

"Eu sinto muito."

Depois abriu a porta do quarto dos filhos, observou-os. Todos estávamos em sono profundo, e eu não a vi, então. Quando sentiu o nó lhe sufocar a garganta e as lágrimas brotarem nos seus olhos, fechou a porta rapidamente, e era como se a mão que segurava a maçaneta estivesse empunhando uma arma. Se fosse como as mães daquelas canções que ouvia no *kaikan*, rasgaria a carta, tiraria as roupas da mala e as guardaria no armário de onde as tirara, uma a uma, com a lentidão de quem nunca mais teria pressa na vida, e choraria, resignada.

Às duas horas, olhou pela vidraça da janela. Fernando estava esperando-a, como prometera. Então foi embora. Com dez anos de atraso.

Quando completei catorze anos, meu pai concluiu que eu já tinha discernimento e me disse que ela tinha nos abandonado para viver com um antigo namorado, um *gaijin*, que não tivera pena, que não se importava conosco.

"É mentira!"

Ele continuou: que um dia fizera as malas, escrevera uma carta de poucas linhas e partira. Que mulher pode abandonar o marido e três filhos e partir para uma aventura com um *gaijin*? Uma mulher honesta, que amasse os filhos, não faria isso.

"Ela gostava da gente!"

Mais seis anos, ela retornou. Estávamos somente papai e eu em casa. Abri a porta e a vi: era uma mulher magra e bonita dentro de um vestido preto. Eu soube imediatamente que era minha mãe. Era a única certeza. Não fiquei feliz, mas também não me zanguei. Ela me olhou nos olhos e perguntou:

"Noboru?"

"Sim, sou eu", respondi.

"Sou sua mãe."

"Quem está aí?", perguntou meu pai da cozinha.

Eu não soube o que dizer. "É a mamãe", pensei em falar, mas não consegui. Seguiu-se um silêncio demorado, e logo ouvi os passos de meu pai se aproximando. Ele ficou ao meu lado, emudecido, e senti pena de meu pai, pois deveria decidir se a mandaria embora, se a convidaria para entrar. Por fim, ela perguntou sobre meus irmãos, sobre *ojiichan* e *obāchan*, e ele respondeu que todos estavam bem. Ela então pediu para entrar, porque era estranho ficarem conversando na porta, e ele não disse sim de imediato, pensou que deveria mandá-la embora, que não tinham nada para dizer um ao outro após tantos anos, mas afastou-se um pouco, fez um gesto convidando-a para entrar.

Fui para o meu quarto, tranquei-me, deixei os dois na sala. Que se entendessem, que meu pai fizesse o que lhe parecesse melhor, pois era seu direito.

"Ele morreu", disse minha mãe. "Antes de morrer, pegou as minhas mãos e disse para eu procurar os meus filhos, os meus pais."

Meu pai ficou quieto.

"Um dia ele apareceu aqui em casa."

Ele continuou quieto, aguardando que ela dissesse mais, e era com ansiedade que aguardava as suas palavras, os detalhes, que só confirmariam as suas certezas. Ela prosseguiu, disse que sempre amara aquele homem, e aquele amor era maior que tudo na vida, que já havia planejado fugir com ele quando era solteira. Ossamu pensou em dizer que não lhe interessava nada, mas se calou, queria ouvir tudo que ela tinha para lhe dizer, queria razões, não para o que ela fizera, pois isso já sabia, mas para a sua humilhação e o seu sofrimento. Sumie lembrou a madrugada em que conversara com a mãe, o pedido de Ichiro para que não fosse, depois, o surgimento de uma nova oportunidade, porém já era casada, tinha filhos. E que ninguém dissesse que não tivera escrúpulos, que fora fácil a decisão de partir. Fez uma pausa, pediu um copo d'água. Depois prosseguiu: disse que ele simplesmente lhe propusera ser feliz, e então ela se lembrara de que não era feliz, que tinha um bom marido e três filhos maravilhosos, mas algo lhe faltava. Por isso aceitou deixar a casa, a que se acostumara, os filhos, a quem amava, e o marido, a quem respeitava e admirava, e partiu para ser feliz. E foram anos de felicidade, embora pensasse nos filhos todos os dias e chorasse.

"Então ele me abraçava, e eu era feliz."

"Como pôde ser feliz sabendo que havia provocado a infelicidade de seus filhos?"

Sumie respirou fundo, olhou Ossamu nos olhos: não, não era verdade que seus filhos tivessem sido infelizes.

"Você não estava aqui para vê-los."

Não era necessário, explicou. Eles tinham o pai. Sabia que chorariam nos primeiros dias, mas se esqueceriam e teriam outros muitos motivos para serem felizes. Disse que essa certeza teve quando vira os meus olhos: eu era feliz. Ossamu retrucou: ele, como pai, jamais seria responsável pelas lágrimas dos filhos.

"Ossamu, eu não sou você."

Ficou calada por alguns segundos. Depois lembrou o que sempre diziam as pessoas: que as mães são capazes dos maiores sacrifícios pelos filhos, que pensam primeiro neles. Então ela era uma mãe diferente. Mas não deixava de ser mãe. E se renunciasse ao homem que amava para ficar com os filhos, eles, inversamente àquilo que acontecera, seriam responsáveis pela sua infelicidade. Não seria justo. Todos a julgavam, punham sobre os seus ombros o peso da culpa, mas ela se recusava a carregá-la.

Era uma lição que Hideo lhe ensinara, e ela não aprendera: observar e respeitar o que os outros pensam. Mais que se colocar humildemente frente à opinião alheia, acreditava que era uma forma de se deixar conduzir.

"Está diferente", observou Ossamu. "Essas ideias, esse modo de falar... Parece *gaijin*."

Ela sorriu:

"Dormi tantos anos ao lado de um *gaijin*, não é?"

Ele baixou os olhos.

Ela disse que estava brincando, que ele não lhe ensinara a ser *gaijin*, que ainda era *nihonjin*, sentia-se *nihonjin*. E que ninguém creditasse a Fernando todo o mérito pelo que ela era, embora ele tivesse muita responsabilidade sobre a transformação que sofrera. O mérito maior era dela. Fernando era o homem que escolhera, e ela a mulher escolhida.

"Queríamos ter filhos, queríamos muito... Ele fez exames, fez um tratamento, mas nada deu certo... E, Ossamusan, por que não se casou novamente?"

Ossamu não respondeu, disse outra coisa: que nunca mais pôde levantar os olhos na rua, no *kaikan*, no templo budista. Não queria a confirmação do olhar de deboche ou de compaixão. Os meninos tinham sofrido a ausência da mãe, mas iam à escola, brincavam, se esqueciam. *Ojiichan* e *obāchan* também sofriam, mas puderam renegá-la, dizer aos amigos e aos vizinhos que haviam perdido uma filha. No dia do casamento, *ojiichan* lhe disse que lhe entregava Sumiechan, que a partir daquele dia, antes de ser filha, seria esposa. Por isso, a vergonha era do marido, do homem.

"A vergonha foi todo o sofrimento?"

"Como se não bastasse!"

"Não sofreu por estar sozinho, por não ter quem lhe aquecesse os pés à noite?"

"Ora, não diga os motivos que fizeram o meu sofrimento."

"Pois eu sofri por ter imaginado o seu sofrimento, por pensar que sentia a minha falta."

Ossamu não diria que nunca mais sorrira. Disse:

"Eu não posso perdoá-la."

"Eu não estou pedindo o seu perdão."

"Por que voltou, então?"

Ela explicou que não desejava voltar a ser sua esposa, voltar a morar naquela casa, pois não poderia, não conseguiria. Também não seria justo pedir o perdão de Ossamu, seria uma hipocrisia muito grande. Mas ele fora seu marido, disse. Haviam vivido dez anos juntos. Queria somente revê-lo, dizer-lhe que estava bem, embora ainda estivesse de luto, repetir o que escrevera naquele bilhete: que ele sempre fora um bom marido. Voltara para rever os seus filhos. Os seus filhos eram seus filhos, e ainda que nunca mais os visse, ainda que eles lhe virassem a cara, continuaria sendo mãe, isso ninguém poderia tirar dela. E voltara, também, para rever os irmãos porque ainda era irmã. Disse que iria à casa dos pais porque ainda era filha.

Hideo não pensava assim: era pai somente dos outros filhos. Também os filhos: eram filhos só do pai. Até eu, que a observara do chão da cozinha riscando o fósforo para acender o fogão, colocando a panela com arroz na chapa preta, acrescentando água, fechando, pondo a mesa, tirando a mesa, lavando a louça, até eu sentia assim: era filho só do pai. Eu, que era o mais dedicado aos estudos, o único que cursava uma faculdade, que namorava uma moça *gaijin* contra a vontade de *ojiichan*, eu poderia pensar: antes de ser mãe, antes de ser filha de Hideo e Shizue, antes de ser esposa, era uma mulher infeliz. Mas o que eu sabia mais era a dor de ser filho sem mãe. E sentia, então, um amor infinito por meu pai. Ele, que nunca mais se casara, que poucas vezes sorrira após a partida de mamãe. Um dia me disse que as plantas dos vasos murcharam porque ninguém mais as regava. Depois secaram. E ficaram mais de um ano assim, secas, esquecidas, fincadas na terra, terra seca. A camisa azul, de listras, perdeu um botão, e ele saía com a camisa sem o botão. Mas, depois, outro botão caiu, e ele não podia mais sair à rua com uma camisa sem dois botões. Por isso, por causa das plantas secas no vaso e da camisa azul sem os botões, não podia perdoá-la. Perguntei a ele: e os vasos? Que bobagem! Tantos anos, como poderia saber? Quebrados, os cacos perdidos no quintal, retornados ao barro. A camisa? Respondeu: sem um botão, depois sem dois, não era mais a predileta. Havia, após a partida, alguma preferida?

Depois ainda vi Sumie mais uma vez. Ela retornou à nossa casa para rever meus irmãos. Meu pai não estava, talvez minha mãe soubesse disso. Viu a todos, disse algumas palavras, que estávamos bonitos, que *otōchan* cuidara muito bem de nós, que continuava sendo nossa mãe. Tive pena de minha irmã, que ficou paralisada diante de Sumie. Depois chorou e, sem conseguir dizer nada, correu para o quarto. Meu irmão expulsou a mãe aos gritos. Eu fui com ela até a porta. Antes de virar e partir, olhou-me. Era olhar de mãe, e me lembro que pensei logo depois: era um olhar tardio de mãe. E desse olhar me lembro até hoje.

Fechei a porta antes que ela chegasse ao portão.

Sumie também foi à casa de *ojiichan*, mas nem lhe abriram a porta. *Obāchan* chorou de pé, no meio da sala, enquanto ouvia a voz da filha, que chamava:

"*Otōchan! Okāchan!*"

Depois viu um pequeno pedaço de papel sendo enfiado debaixo da porta. Hideo se adiantou a ela, pegou o papel e leu para si o que estava escrito.

"O que é?", perguntou Shizue.

"É um endereço."

Ele rasgou o pequeno papel em pedaços menores ainda, levou-os ao cinzeiro e os queimou.

Nos anos que se seguiram, *obāchan* se encolhia num canto da mesa, lavava a louça com as mãos trêmulas, fazendo muito barulho. Um dia disse:

"Por que não podemos visitar Sumiechan?"

Hideo não respondeu. Era a resposta.

Às vezes penso em ir vê-la. Eu devo ir vê-la. Talvez não seja essa mulher que eu traduzo em palavras, muito mais criação de um homem que tenta compreender aquela que abandonou o marido e os filhos do que a mãe que conheceu de verdade. Não importa, eu devo ir vê-la. Mas o meu mundo se fez a despeito de seus motivos e suas verdades: sempre há uma partida de futebol na televisão, os amigos que convidam para uma festa, as provas de meus alunos a serem corrigidas, um livro a ser lido, os filhos que querem atenção, a mulher que quer carinho. Mas, um dia, um sábado ou um domingo, acordarei muito cedo e, antes que os outros se levantem, antes que o telefone toque, irei à casa de minha mãe. Tocarei a campainha muitas vezes e ninguém atenderá. Desistirei. Dias depois, um amigo me dirá que assistiu na televisão a uma reportagem sobre uma senhora japonesa que foi encontrada morta em seu apartamento em Pinheiros.

Lave a sua garganta, traidor

A frase escrita em japonês com tinta vermelha ocupava a metade do muro branco da casa. O errado era feito mesmo de madrugada, que, cega e muda, protegia os criminosos. A tarefa havia sido cumprida desajeitadamente, às pressas: os traços heterogêneos, indecisos, respingos de tinta vermelha como gotas de sangue sobre uma pacífica bandeira branca. Traídos pela pressa, não puderam imprimir na obra a determinação que os guiava. Haruo olhou para os lados, embora soubesse que era inútil. Era muito cedo, e não havia ninguém na rua. Os desgraçados já estavam em suas casas, a lata de tinta e os pincéis em algum depósito cúmplice, as mãos cuidadosamente lavadas, protegidos pela ignorância e pela prepotência. Shimizusan, dona da quitanda da rua de cima, vinha com passos lentos, tentando ler de longe o que estava escrito. Quando conseguiu, olhou-o, assustada e, sem o cumprimentar — o que naturalmente faria se não fosse a compreensão da frase, pois era *nihonjin*, embora nascida no Brasil, e sua relação com outros *nihonjin* não era sustentada somente por pepinos, pés de alface, dinheiro, troco e obrigada —, apressou os passos. Um vizinho que saíra ao quintal para pegar o litro de leite o viu e se aproximou para puxar conversa. Ao ver a inscrição no muro, perguntou de que se tratava, e Haruo se apressou em responder que não era nada, disse que era do pessoal de uma igreja evangélica de japoneses, uma frase que dizia que todos são irmãos.

"Mas um irmão não deveria sujar o muro do outro", disse o vizinho, que o olhou com indisfarçada desconfiança, e entrou.

Haruo sabia que o motivo era o artigo que publicara no jornal há dois dias. A esposa, a quem mostrara o texto antes, insistira para que não o levasse ao editor, disse que era uma temeridade, embora concordasse com o que estava escrito. Ele lembrou o episódio do dia 11 de setembro do ano anterior, quando cerca de 2 mil japoneses tinham descido ao porto de Santos para aguardar a chegada de uma esquadra da Marinha Imperial Japonesa, que, de acordo com informações recebidas dos *kachigumi*, repatriaria todos eles. Para Haruo, era um delírio coletivo, e ele queria despertar os ingênuos que ainda acreditavam que o Japão vencera a Segunda Guerra Mundial. Haruo disse à esposa que não poderia se deixar intimidar por aqueles que usavam a força e a violência, já que não conseguiam convencer através da razão, que tinha o direito e o dever de dizer a verdade sobre os fatos, que a cegueira que alguns japoneses do Brasil procuravam impor aos outros era um crime e que se calar significaria compactuar com os criminosos. Satoko, porque amava o marido e preferia a sua segurança à liberdade de expressão, ainda tentou dissuadi-lo:

"Não se arrisque, por favor. Enquanto você usa palavras, os *kachigumi* usam a violência. Eu não quero que você saia ferido dessa história."

"Você me conhece, Satoko, eu não consigo ficar calado quando algo está errado."

Segurou as mãos da esposa: não lhe bastava, agora, falar ao pai, o que provavelmente seria inútil. Precisava gritar ao vento, e o vento diria a todos que era hora de acender incensos e velas e lamentar a morte de japoneses e americanos, de alemães e brasileiros. À sua voz se juntariam outras, e vozes fariam coro. Para Satoko, que se encantara com o modo determinado de Haruo defender as suas ideias ao conhecê-lo num baile da Associação dos Jovens Nipônicos, era difícil se manter irredutível na defesa da segurança do marido, ainda que duvidasse da validade de heróis mortos. Por isso não insistiu mais. E o artigo de Haruo foi publicado:

> Foi com grande tristeza que os japoneses do mundo inteiro ouviram a Declaração da Condição Humana do imperador Hiroito, que assumiu publicamente não ser uma divindade, e sim um ser humano, filho de seres humanos, o imperador Taisho e a imperatriz Sadako. Homens e mulheres choraram ante a destruição de um mito construído século após século desde tempos imemoriais. Eu, orgulhoso de ser um brasileiro filho de japoneses, experimentei um misto de tristeza e alegria. Não fiquei triste pelo teor da declaração, pois nunca compactuei com a ideia da divindade do imperador, mas pelas condições em que ela foi feita: uma imposição dos americanos para que ele permanecesse no trono imperial. O Japão teve que perder uma guerra para assumir a sua real condição. Por outro lado, senti também alegria, pois a declaração do imperador tira de suas costas e das costas dos japoneses uma carga muito pesada, a carga da invencibilidade, e a substitui por uma outra, que todos carregam: a carga do ser humano, que aceita falhas e derrotas.
>
> Para aqueles que ainda não aceitaram a rendição japonesa e sustentam a ideia da vitória do Japão na Segunda Guerra Mundial, este é o momento de se fazer uma reflexão. Após o lançamento da bomba atômica sobre Hiroshima e Nagasaki e a consequente destruição dessas cidades, com o sacrifício de milhares de inocentes, ficou patente a vulnerabilidade do país do sol nascente. Assim, seria muito improvável que o imperador persistisse em manter

sua campanha bélica. O Édito Imperial de 14 de agosto do ano passado revela que a guerra, se prosseguisse, destruiria o império nipônico e aniquilaria o povo japonês, além de provocar o colapso da civilização humana. Agiu sabiamente, então, o imperador, que aceitou a derrota para salvar a sua pátria, o seu povo e a humanidade. Imaginemos, pois, a sua tristeza, que já é tamanha diante da morte de tantos soldados, idosos, mulheres e crianças, elevar-se ao grau máximo ao conhecer a situação de súditos que, num país distante, atacam japoneses e seus descendentes porque estes simplesmente reconhecem a rendição do Japão como fato. A guerra já acabou, não é lógico e nem justo que iniciemos outra, e esta mais pérfida, pois coloca irmãos contra irmãos.

Agora, o aviso pichado no muro lhe dizia que não era infundada a apreensão de Satoko. Os *kachigumi* seguiriam surdos à verdade e continuariam a não tolerar vozes contrárias ao delírio que viviam.

"Só espero que *otōchan* não tenha nada a ver com isso", disse à esposa.

"Eu também espero, mas não ficaria surpresa em encontrar no quartinho dos fundos da casa de *otōchan* uma lata de tinta vermelha e um pincel."

Fosse Hideo ou fosse outro, a providência seria fazer a denúncia e pedir providências à polícia. Haruo pediu a Satoko que fosse ao escritório de engenharia onde trabalhava para avisar que se atrasaria. Depois saiu. Uma caminhada de vinte minutos separava a sua casa da delegacia. A rua lhe pareceu hostil. Todos pareciam observá-lo, e todos viam que estava emparedado, alguns os algozes, outros os jurados, todos *kachigumi*. Baixou os olhos, mas, em sua alucinação, via na calçada oposta, encostado a uma parede, um *nihonjin* que, com a mão direita, simulava uma espada sangrando a garganta, ao seu lado um outro, com um enorme cartaz em que se lia "traidor", e logo a rua se encheu de *nihonjin* de olhar duro e firme, e alguns começaram a sussurrar que ele era traidor, e os outros repetiam sussurrando: traidor, traidor, traidor. Quando ergueu os olhos e viu que na realidade não havia nenhum *nihonjin* na rua, desejou, por um instante, ser algum daqueles homens que caminhavam pela calçada sem saber o que era ser *kachigumi* ou *makegumi*.

Na delegacia, no balcão de atendimento ao cidadão brasileiro:

"E aí, japonês? Ainda estão achando que o Japão ganhou a guerra?"

"Eu quero falar com o delegado."

"Que assunto?"

"Fizeram uma pichação no muro da minha casa."

"Quer falar com o delegado por causa de uma pichação? O delegado tem mais o que fazer."

"É uma ameaça de morte."

Para o delegado, eram uns rabiscos. Ameaça, para ser ameaça no Brasil, precisava ter sido escrita em perfeita língua portuguesa.

"Senhor delegado, a ameaça é real, e o senhor sabe que já houve casos de violência contra os nipo-brasileiros que reconheceram publicamente a derrota do Japão na guerra."

O delegado soltou um longo suspiro, e Haruo leu em sua expressão a sincera má vontade que já vira em outros servidores públicos para realizar atividades para as quais eram pagos. Os seus pensamentos pareciam saltar pelas rugas da expressão de amofinação: sabia que havia perigo, e o idiota foi publicar o artigo, que se matem esses japoneses! Mas disse:

"Pois muito bem... Mas 'lave a sua garganta, traidor' não parece ser exatamente uma ameaça de morte. O que significa exatamente essa frase?"

Haruo explicou: o traidor condenado à morte deveria lavar a garganta antes da execução para que a sua pele suja não contaminasse a espada. Entre os militaristas japoneses, todos sabiam o que essa expressão significava.

"Pois muito bem... E o senhor desconfia de alguém?"

"Eu não posso provar, mas é claro que a Shindo Renmei está por trás dessa ameaça."

"Pois muito bem... Agora eu não posso, mas à tarde irei a sua casa para ver o muro. Não apague, não mexa em nada."

Haruo se desanimou: aquele delegado não se empenharia em encontrar os vitoristas que haviam pichado o seu muro. Saiu da delegacia sentindo-se sozinho e miserável. Do olhar assustado de Shimizusan ao desdém do delegado, o mundo era a confirmação de sua solidão.

Em casa, Satoko sugeriu:

"Talvez seja melhor passar uns tempos na casa de *otōchan*."

Haruo considerava uma vergonha ter que fugir como um bandido, expulso de sua própria casa, de sua cidade, para se instalar na casa do sogro, em Marília, no interior, um lugar distante. Quem o expulsava? Os desgraçados que publicaram a ameaça no muro? As palavras o expulsavam: as palavras do delegado, que eram despalavras, pois palavras de delegado deveriam ordenar a justiça, proteger o cidadão; as medrosas palavras implícitas no olhar de Shimizusan; as palavras que circulavam em papéis falaciosos, com assinatura mentirosa do imperador, que diziam que em 17 de agosto de 1945 as forças de terra e de mar que prosseguiam na luta de perpetuação do povo japonês deveriam levar a guerra a seu objetivo. E as outras? Para nada serviam as palavras justas, sensatas? E as palavras de Kunito Miyasaka, fundador do Banco América do Sul, de Kameichi Yamashita, da Cooperativa Agrícola de Cotia, de Shiguetsuna Furuya, que fora embaixador do Japão na Coreia e em outros países? Eram palavras que pediam paz após anos de guerra, que pediam bom senso aos japoneses do Brasil. Pediam que se suportasse o insuportável: a derrota do Japão. Era pedir demais para alguns. Por isso as palavras de Kunito Miyasaka e de Kameichi Yamashita não o salvariam, pois os destemidos *kachigumi* tinham medo: eram perigosos.

"Você tem razão. Vou avisar os meus pais."

"Acho melhor não."

"É claro..."

"Não sabemos se foi o seu pai quem mandou pichar o nosso muro. E se não foi ele, talvez seja pelo menos conivente. É seu pai, eu sinto muito, mas não podemos confiar nele."

Três meses depois, Hideo, em sua casa, conversava com o filho primogênito sobre o assassinato, em São Paulo, de Chuzaburo Nomura, o rei do rami. O diretor da Cooperativa Agrícola de Bastos, Ikuta Mizobe, também havia sido assassinado. Ichiro sabia que Bastos era uma cidade em que parte considerável da população era nipo-brasileira, e que lá, mais que em qualquer outro lugar, ser *makegumi* era um grande risco. E Mizobesan havia desafiado abertamente os *kachigumi*, divulgando a derrota do Japão sem medo, continuando a fazê-lo mesmo depois de receber diversas ameaças de morte. Agora tinha sido a vez de Chuzaburo Nomura.

Ichiro questionava o pai:

"*Otōchan* não acha que eles estão exagerando? Eu não posso sair por aí matando pessoas só porque pensam diferente de mim."

Hideo, sentado em sua poltrona, ainda tinha em suas mãos o jornal aberto na página em que se noticiava a morte de Chuzaburo Nomura. O jornal comentava que a suspeita pelo assassinato recaía sobre a Shindo Renmei.

"A Shindo Renmei executou Ikuta Mizobe e Chuzaburo Nomura, eu sei. Eram *makegumi*, traidores da pátria, por isso morreram. Eu sempre fui contra essa medida extrema. Deveriam, sim, ser banidos da sociedade japonesa, isolados como se fossem leprosos, mas não condenados a morrer por uma espada alheia."

Ichiro, desde sempre e para sempre paciente ouvinte de Hideo, a boca cerrada para que não se corresse o risco de uma palavra equivocada. Mas pensava o filho que a voz do pai — alguma coisa na entonação — traía a convicção das palavras, antes sempre sólidas. E era mesmo assim. Hideo sempre fora honesto com as palavras, naturalmente encontrava na língua japonesa aquelas que fossem adequadas ao pensamento e as ajustava à forma sonora que lhes dava. Mas naquele momento era diferente.

Hideo baixou os olhos, temendo traduzir para o filho toda a apreensão que o atormentava. Pensava na morte de Ikuta Mizobe e Chuzaburo Nomura, nas diversas reuniões na sede da Shindo Renmei, no Bosque da Saúde, após o fim da guerra, nas vozes desconcertadas, concomitantes, aguerridas e hostis, primeiro, porque os Estados Unidos divulgavam notícias mentirosas da rendição japonesa através de jornais e transmissões radiofônicas clandestinas, mesmo em língua japonesa, depois porque souberam dos versos inomináveis que cantavam a fome que passava o imperador, insinuavam que a imperatriz se tornara amante do general MacArthur, o qual subjugara o casal imperial e os tratava como se fossem seus empregados, e por fim a maior das ignomínias: os próprios japoneses propagando a derrota do império. Era a maior das traições, um desrespeito que exigia dos demais uma atitude severa. Assistiu à revolta dos súditos que se reuniam no casarão do Bosque da Saúde, ele próprio em um discurso sugerindo que fossem todos os traidores banidos dos *kaikan*, hostilizados nas ruas, que aqueles que tivessem algum comércio ou casa de prestação de serviços fossem boicotados, ainda que eles, os autênticos *nihonjin*, fossem obrigados a frequentar estabelecimentos de *gaijin*. Lembrou na ocasião que, quando a Itália e a Alemanha reconheceram a derrota, não houve italiano ou alemão no Brasil que a propagasse, mantendo-se todos quietos, e por isso os japoneses que espalhavam cópias do falso édito em que o imperador Hiroito anunciava a rendição do Japão eram piores que qualquer *gaijin*.

"Esse tal édito é literatura", concluiu em seu discurso. "É a pior das literaturas, porque é subversiva."

E uma vez, um dia, em outra reunião da Shindo, um companheiro de Tupã, cujo nome nem sabia, em conversa em canto da sala, conversa de somenos importância para ele, pois era hora de intervalo, disse sobre um tal Haruo, disse que estava com os dias contados, que o artigo que escrevera e publicara num jornal famoso era uma afronta ao imperador e aos japoneses. Hideo lhe perguntou, como um curioso perguntaria, se sabiam de seu paradeiro, e o outro respondeu que não, mas que os *tokkotai* o encontrariam.

"E Haruo?", perguntou Ichiro, de algum modo em conexão com a angústia do pai.

Hideo disse que o procurara após a publicação do artigo do filho no jornal. Satoko lhe informou que Haruo fugira com receio da ameaça que haviam escrito no muro de sua casa, estava na casa de um amigo, longe dos malditos *kachigumi*, no estado do Rio de Janeiro, em algum lugar que não revelaria ao sogro porque não lhe tinha confiança. Hideo perguntou à nora se acreditava que ele estava realmente em segurança, e ela disse que sim. Depois, sem se importar se o sogro a compreendia ou não, disse em português:

"Os seus amigos podem procurar o meu marido até no inferno e não o encontrarão!"

"Satokosan, estou preocupado com Haruo, eu não sabia da inscrição no muro, ninguém me disse nada, pode acreditar em mim."

Ela ficou alguns instantes calada para recuperar a calma. Olhou Hideo:

"*Otōchan*, me desculpe. Mas pode acreditar, ele está no Rio de Janeiro, em um lugar seguro."

Hideo não acreditou nas palavras de Satoko. Adivinhou o filho escondido na chácara do sogro, em Marília, e assim era melhor, porque em sua casa não teria abrigo, porque ele, ao trair a pátria, traíra o pai, e ambos, pai e pátria, não o perdoariam.

"Mas lá o encontrarão", inquietou-se o irmão mais velho. "Eles são organizados e estão com ódio, imaginar que Haruo está na casa de Komatasan não é difícil."

E aquietou-se depois, embora estivesse com a mente alerta, angustiado com a sorte do irmão, por isso à espera de um movimento do pai, porque o princípio era ele, depois os filhos, como deveria ser.

Na página aberta, a foto de Chuzaburo Nomura e o lamento do jornalista, que não entendia por que se matavam os japoneses, pois a hora era de rezar pelas vítimas da guerra.

"O jornalista tem razão", arriscou timidamente Ichiro.

Não era exatamente um risco, pois disse o que qualquer outro diria, não exatamente o que Hideo gostaria de ouvir, mas o que não o contrariaria e também não violentaria a ele, o filho. Ichiro, verdade seja dita, não sabia isso nem aquilo, pois um lhe dizia da rendição japonesa e outro da vitória dos súditos do imperador Hiroito, ambos convictos de que estavam certos. Quando começava a se convencer de que os *makegumi* tinham razão, vinham os *kachigumi* com a certeza que lhes davam as transmissões radiofônicas, as provas impressas que circulavam em jornais ou em folhas avulsas e até um selo postal alusivo à vitória japonesa.

"O que mais diz aí?", quis saber Hideo.

Então Ichiro leu em voz alta. O que dissera o jornalista no início da reportagem era uma branda introdução. Depois as metáforas baratas e as duras palavras: o Brasil ouvira as leves batidas na sua porta, abrira-a e recebera os japoneses, convidara-os a sentar à mesa, e agora eles sujavam com sangue a terra que os acolhera.

"O senhor quer que eu continue lendo?"

"É claro que sim!"

Ichiro prosseguiu:

As dificuldades enfrentadas pelo nosso país com os imigrantes japoneses vêm de longa data, na verdade desde 1908, quando chegou ao porto de Santos o primeiro navio com uma leva de trabalhadores. É inegável a contribuição dada por esse povo ao nosso país, povo sabidamente de extrema dedicação ao trabalho, mas a sua insistência em permanecer insulado, como se fizesse de suas terras, suas lojas e tinturarias um pedaço do Japão, é inaceitável, bem como a recusa de muitos em aprender a língua portuguesa. O problema não é a manutenção de uma cultura que se sabe bonita e milenar, mas o desdém com que parte desse povo observa a cultura do país que os recebeu. Caminhando pelas ruas do bairro Liberdade, os brasileiros se sentem insultados quando alguns imigrantes os olham e depois fazem comentários entre si, às vezes rindo. Na cidade de Bastos, sentimo-nos estrangeiros, pois se entramos num bar para tomar café, somos atendidos por japoneses ou descendentes, se pedimos alguma informação na rua, é uma voz com sotaque que nos responde, se olhamos as fachadas das casas comerciais, vemos caracteres que não compreendemos. Nenhum brasileiro deveria se sentir estrangeiro dentro de seu próprio país.

Em 1918, o dr. Artur Neiva, então diretor do Serviço Sanitário de São Paulo, já alertava: "Se, porém, tivéssemos de solucionar o problema (da falta de braços), com preocupação científica e com os olhos no futuro do Brasil, veríamos que as raças orientais são inassimiláveis pelos ocidentais e os imigrantes hindus e japoneses fatalmente se enquistarão entre nós, ou, usando uma imagem mais expressiva, a nação terá ingerido um alimento, o qual, uma vez tragado, não poderá ser digerido ou regurgitado". Mais tarde, na Constituinte de 1934, o mesmo Artur Neiva, então deputado, debatia com Miguel Couto e Xavier de Oliveira uma política de restrição à emigração, tendo na mira, principalmente, os japoneses. Preocupava-se Neiva com a capacidade de organização do povo japonês, o que constituía uma grande ameaça. Miguel Couto, por sua vez, procurava formas de preservação da identidade racial brasileira: "... se já prestamos um tão grande serviço à humanidade na mestiçagem do preto, é o bastante... A do amarelo, a outrem deve competir". A preocupação do deputado com a eugenia nem era necessária, tendo em vista que eram raríssimos os casos de casamento de nipo-brasileiros com pessoas de outras etnias. De qualquer forma, das discussões desses políticos resultou a inclusão do artigo 121, parágrafo sexto na Constituição de 16 de julho de 1934, mantida pela Constituição de 10 de novembro de 1937, que restringia a dois por cento do atual número de imigrantes de cada país o limite dos que poderiam entrar no Brasil. As medidas restritivas talvez tenham sido válidas para impedir um grande aumento da população japonesa, mas os problemas não cessaram. Ao contrário, aumentaram durante a Segunda Guerra, quando os nipo-brasileiros se posicionaram flagrantemente ao lado dos países do Eixo e contra o Brasil. Agora, quando se esperava um período de paz após o fim da guerra, vemos nipo-brasileiros se voltando contra nipo-brasileiros numa violência absurda. Morre, assim, o mito do povo eternamente unido. Os conflitos surgidos após o fim da guerra resultam do amadurecimento de uma parcela desse grupo e da resistência da outra em se manter como um quisto racial, indiferente à realidade brasileira e mundial. Esperamos que a polícia aja com rapidez no caso do sr. Chuzaburo Nomura e não permita que essa violência atinja os brasileiros, que não têm nada a ver com esses conflitos.

Ao terminar a leitura, Ichiro dobrou o jornal e viu o desolamento do pai:

"*Otōchan*, esse jornalista não sabe o que fala."

"Ele fala uma verdade: nós estamos nos matando. E o que pode haver de mais triste que isso?"

Desde o assassinato de Ikuta Mizobe, eram insones as noites de Hideo. Ao lado, Shizue roncava baixinho o sono das mulheres justas e companheiras dos esposos. Ela não poderia alcançar a dimensão do dilema do marido. Conhecia alguns fatos, lera o artigo de Haruo, que não entendera muito bem — o filho escrevendo palavras difíceis em *porutogarugō* —, sabia da animosidade entre os *kachigumi* e os *makegumi*. Porém era Hideo a sua principal fonte das informações, e ele não a informava de tudo. Quando dizia uma coisa, era eufemístico para protegê-la: ela era mulher, e há assuntos que são para os homens. A angústia de Hideo era angústia de homem, que tinha a voz e a vez, às vezes bônus, outras vezes ônus, mas assim era. Às vezes, ele protelava o pensar, pois o sofrimento era insuportável, até lhe doía no corpo, desarranjava-lhe a barriga, fazia palpitar o coração. E, um dia, o homem ordinário no despertar e no se pôr a viver o que lhe era devido permaneceu na cama. Shizue lhe perguntava o que havia, e ele, que não sabia direito o que tinha — era só uma desvontade de tudo, uma angústia que lhe sufocava o peito —, cometia inverdades, dizia que era uma dor aguda na cabeça, mas não era questão de médico nem de nada, só queria que o deixassem sozinho. E assim ficou algumas horas, escondido sob a coberta em dia de calor, deitado de lado, os joelhos dobrados: um feto. E chegou a hora do almoço, e então era demais, levantou, não era coisa de homem forte, esposo e pai cheio de responsabilidades ficar na cama. Mas se seguiram os dias, e o nó não se desfazia, a angústia não cessava, e outros dias ficou na cama, envergonhado por estar deitado com o sol alto sem estar doente. Mas se ficar na cama o envergonhava, levantar significava enfrentar. Era um feto com medo de nascer. Shizue chamou um médico, que ao médico ele não ia, e o médico disse que ele estava estressado, que deveria descansar, não ter preocupações. Então Shizue o deixou na cama. Mas, então, caía outro morto pelas mãos dos *tokkotai*.

"Hoje, bem cedinho, Satoko me procurou", disse Hideo em voz baixa, como se fosse uma confissão.

"E o que ela queria?"

Hideo contou ao filho o que a nora relatara. Na noite anterior, dois homens haviam ido a sua casa bem tarde, quando já se preparava para deitar. Ela retornava da cozinha, onde fora buscar uma caneca de água, quando viu duas figuras assustadoras emolduradas na janela da sala. Satoko deixou cair a caneca, soltou um grito e, antes que saísse correndo, ouviu um dos dois homens dizer que não lhe faria mal, que somente queria saber onde se encontrava o seu marido. Ela respondeu que não sabia ao certo, disse o que havia ensaiado: Haruo estava no estado do Rio de Janeiro, em alguma cidade que ela não sabia qual era. Explicou que ele fugira logo após publicar o artigo porque sabia que o perseguiriam, que não dissera exatamente aonde iria porque se dissesse a Shindo Renmei de alguma forma descobriria. Os dois homens insistiram, ela se manteve firme.

Ichiro olhou o pai, e sua voz traduzia o seu desespero:

"*Otōchan*, Haruo é o próximo."

"Eu sei. Eu já comprei uma passagem para Marília."

Tio Ichiro me contou sobre esse dia: a conversa entremeada por longos silêncios, a apreensão do pai. A fotografia de Chuzaburo Nomura atormentando-o por tantos anos nas noites insones: o homem morto, em decúbito dorsal, os braços meio abertos, o pijama listrado, mas, no lugar do rosto, a imagem do irmão. E a dúvida que ficou. Nunca conversaram o pai e o filho sobre a possibilidade, antes não pensada, de que seguiriam o pai os criminosos. E não conversariam, porque não valia a pena ficar cutucando feridas, e melhor era contar com o favor que muitas vezes presta a dúvida. Com *ojiichan* tentei uma vez, insensível que sou, ele amarrando um galho de bonsai com o arame, o ato bruscamente interrompido, os olhos que não se levantaram, e que adivinhei, arrependido, infinitamente mergulhados em algum lugar de que gostaria de se esquecer. Mudei logo de assunto, mas *ojiichan* voltou a ele, senti que precisava falar, e eu tinha bastante disposição para ouvi-lo. Então disse que no dia em que embarcou para Marília, havia outros *nihonjin* na estação ferroviária, que dois também subiram no mesmo trem, mas não imaginou que pudessem ser espiões da Shindo Renmei. Na ocasião, essa preocupação não lhe passou pela cabeça. Os *tokkotai* que viu, depois, não eram os mesmos homens que embarcaram no trem, e insistia em usar esse argumento a seu favor quando pensava sobre o assunto, mas outra ideia lhe vinha, de que em Marília aqueles que estavam no trem poderiam ter contatado outros, os *tokkotai*, pois a Shindo Renmei tinha ramificações por todo o interior de São Paulo, porém essa hipótese também não lhe parecia muito plausível, e assim pensava não somente para aliviar o peso da dúvida, mas porque, isso soube depois, algumas testemunhas disseram haver visto dois homens rondando a chácara de Komatasan na véspera do fatídico dia. Eu percebi o quanto era penoso para *ojiichan* falar sobre o que falava, remoer aquela questão por tantos anos. Segurei as suas mãos com firmeza e lhe disse com fingida convicção que tinha certeza absoluta de que ninguém o havia seguido. Afirmei-lhe que a Shindo Renmei tinha uma competente rede de informantes, principalmente no interior de São Paulo, e que, por isso, a organização já sabia do paradeiro de Haruo muito antes de *ojiichan* ir à procura do filho na casa de seu sogro.

A chácara de Shintaro Komata ficava próxima a Marília, um lugar onde se podia ir a pé da cidade. Hideo chegou lá no final da tarde. Encontrou o filho no galpão, ao lado da granja, no trabalho de seleção dos ovos. Não o chamou de pronto, ficou observando o homem em que se transformara o menino inquieto, que até em *kinshin* ficara, tão tortos eram seus caminhos, agora em seu trabalho regular, paciente, em método que Komatasan lhe ensinara.

"Haruo..."

O filho se assustou: algo acontecera a Satoko ou a sua mãe? O pai explicou que não, que gostaria de conversar na casa, conversa séria e longa.

A mãe de Satoko preparou chá, o serviu com bolachas e se retirou, deixando pai e filho a sós. Hideo começou com isso e aquilo, disse que a esposa de Ichiro estava novamente grávida e aproveitava para lhe fazer pedidos absurdos, aos quais o marido atendia sem reclamar. Depois falou de sua própria esposa, comentou que estava muito preocupada e lhe perguntava por que o filho não ia mais visitá-la, e ele, então, mentia: primeiro lhe dissera que Haruo arranjara um trabalho extra, depois que fizera uma viagem para visitar uma tia de Satoko, que estava doente. Não sabia mais o que inventar para poupá-la da verdade. Haruo perguntou da gastrite da mãe. Hideo lhe disse que ela tivera uma crise semanas antes, que fizera alguns exames, que contraíra, também, uma gripe, e que o médico falara alguma coisa sobre resistência baixa, sobre descansar a cabeça, evitar problemas.

Da janela se via o pomar, e Haruo observava os pés de caqui e de mexerica filtrando o sol morno de fim de tarde enquanto ouvia o pai. Hideo prosseguiu, lembrou que Chuzaburo Nomura havia sido executado. Haruo disse que já sabia, que Komatasan o mantinha informado de tudo. Então Hideo, que primeiro queria proteger o filho, cumpriu, antes, o dever de repreender, perguntou se ainda sabia cantar o *kimigayo* e, sem esperar pela resposta, disse que provavelmente não sabia mais, já que se esquecera dos princípios básicos do *Yamatodamashii*, que se tornara um verdadeiro *gaijin*. Haruo tomava o chá preto e observava um sanhaço com a sua plumagem cinza-azulada bicando um fruto amarelo, via as mexericas maduras, adivinhava os seus gomos rechonchudos, o sumo doce, e buscava em outro galho, em outra árvore, no pomar da infância, um lugar seguro. Às vezes com os irmãos, às vezes sozinho, era bom ficar lá em tempos de fruta madura, sentado num galho estável, chupando intermináveis mexericas, em ócio sem culpa. Hideo seguiu falando, agora sobre como se enganava o filho em propagar a derrota do Japão na guerra, o que era uma grande mentira inventada pelos Estados Unidos para defender seus interesses comerciais e mesmo a sua honra. Censurou Haruo por causa da interpretação totalmente equivocada que dava ao édito imperial. Disse que se o Japão realmente tivesse perdido a guerra, o imperador não estaria vivo, pois teria se suicidado, bem como outros milhões de japoneses, provavelmente até ele, Hideo Inabata, que teria cometido *haraquiri* se tal tragédia se abatesse sobre o império. Haruo retrucou, lembrou que, além do édito imperial, uma transmissão da Rádio de Tóquio confirmava a derrota do Japão. Hideo respondeu que tudo fora uma farsa, que era uma transmissão dos Estados Unidos feita em língua japonesa. Depois, porque entendeu que seria inútil seguir insistindo em convencer o filho, falou do real propósito da sua visita, disse que não havia segurança no sítio de Komatasan, que não seria difícil aos *tokkotai* adivinharem que o genro se refugiaria na casa do sogro, e eles o encontrariam — nem sabia como ainda não o tinham feito —, pois se espalhavam pelo estado todo. Então Haruo fez a pergunta calada há três meses, elaborada e reelaborada diversas vezes:

"*Otōchan*, aquela ameaça no muro... *Otōchan* tem alguma coisa com aquilo?"

O pai olhou o filho: é claro que não, que não dissesse bobagens. Disse que não o perdoava pelas blasfêmias publicadas no *Diário de Notícias*, que se sentiria melhor se Haruo se arrependesse e cometesse *haraquiri*, única forma digna de se lavar a honra, mas que fosse um princípio dele, que ninguém poderia lhe devolver a dignidade assassinando-o. Depois insistiu na fuga, que fosse a um lugar distante, onde não o conhecessem, onde os *tokkotai* não o alcançassem, e em seguida mandasse buscar Satoko, porque lugar da mulher é ao lado do marido, e vivessem em paz, como *gaijin* se quisessem, e não voltassem mais, porque na casa do pai o filho não seria bem-vindo.

Haruo sempre imaginou que a casa do pai era um lugar aonde qualquer filho poderia voltar quando se sentisse sozinho ou com medo. Assim — sozinho e medroso — procurara a chácara do sogro.

"Eu gosto daqui", disse Haruo.

"A vida aqui é tranquila demais para você."

Ele também pensou que se entediaria na chácara.

Vivia em São Paulo há muitos anos e gostava de andar em ruas cheias de gente, ouvir o ronco dos motores dos automóveis, chegar todos os dias ao escritório e conversar com muitas pessoas. O sítio onde passara a infância era um lugar distante no tempo e no espaço. Por isso, quando chegou à chácara de Komatasan, olhou os espaços preenchidos por árvores frutíferas, por galpões, de onde vinha o ruído intermitente e cansativo das aves em cativeiro. De um pasto do vizinho chegava o mugido de uma dezena de bovinos. Sentiu que um vazio se instalava em seu peito. Mas foi por pouco tempo. Da mesma forma que se habituara a viver na cidade após anos no sítio, acostumava-se, então, ao silêncio das noites, ao triste lamento dos sapos no fim de tarde, à tranquilidade dos dias iguais. Aprendera a lidar com os frangos da granja. Acordava todos os dias muito cedo, sabia da ração e da água para saciar a exata fome e a exata sede que as aves tinham, sabia dos trincos dos ovos e do descarte para a venda. O desconforto da inadequação dos primeiros dias desaparecera, como também se dissipara o medo dos *tokkotai*. Não era um criminoso. Vivia em paz.

Hideo insistiu, disse que era burrice permanecer ali, que numa reunião da Shindo Renmei alguém citara o seu nome e lembrara o artigo do *Diário de Notícias*, que tinha os dias contados se teimasse, que deixaria uma viúva jovem e bonita para outro homem.

E chegou a hora do jantar. E jantaram.

Hideo disse ao sogro do filho o propósito de sua visita, pediu-lhe que o ajudasse a convencer Haruo a partir para um lugar distante. Shintaro olhou o genro:

"Seu pai tem razão."

"*Otōchan*", disse Haruo dirigindo-se ao pai da esposa, "eu não quero mais fugir. Não sou criminoso. Não vai demorar para que as dúvidas sejam esclarecidas e os *kachigumi* compreendam que lutam por uma causa perdida. Então irei a São Paulo buscar Satoko para vivermos aqui. Eu sei que já lhe devo muito, mas gostaria, se permitir, de continuar aqui."

"Eu só não gostaria de ter uma filha viúva."

"Não terá", assegurou Haruo.

Os *tokkotai* chegaram à noite. Eram dois à porta, ainda jovens, um alto, muito magro, com a barba por fazer, outro baixo, forte, ambos usando roupas de lavrador, ambos de pele bastante bronzeada. Anunciaram-se ao senhor Komata e à sua esposa como súditos do imperador e disseram que havia mais alguns espalhados ao redor da casa, em pontos estratégicos, que não havia como fugir. Depois anunciaram que procuravam por Haruo Inabata. Shintaro Komata já havia estudado a resposta: o genro estivera ali, passara uns tempos, mas se fora. Hideo, que estava sentado à mesa, levantou e se dirigiu à porta.

"Haruo Inabata é meu filho, vim procurá-lo também, mas cheguei tarde."

"Nós sabemos que ele está aqui."

"Eu já lhe disse, ele fugiu. E não sabemos para onde foi."

"Nós vamos procurá-lo", disse um dos homens, impulsionando o corpo para a frente.

"Meu filho e minha nora acordaram de madrugada, trabalharam o dia inteiro e agora estão descansando", disse Shintaro, apertando forte a mão da esposa. "Meus netos também dormem. Eu também sou súdito do imperador e não posso permitir que minha casa seja violada."

"Se o senhor fosse verdadeiramente fiel ao imperador não permitiria que um traidor se abrigasse aqui. E nossa missão é muito mais importante que o sono das crianças. Depois elas podem dormir."

Os dois *tokkotai*, taciturnos, empurraram Shintaro Komata e sua esposa, que guardavam a porta, e entraram. Depois olharam Hideo, que estava um pouco atrás, e ele não soube se havia comiseração ou ódio naqueles olhos. A sala era grande, havia uma saída para a cozinha e três portas que davam acesso aos quartos.

"Vamos ver os quartos", disse o homem mais alto.

Não foi necessário: uma das portas se abriu e Haruo apareceu vestindo um pijama.

"Haruo Inabata?"

"Sim, sou eu."

Os dois se aproximaram. Um deles, o mais baixo, abriu com cuidado um pacote de papel e retirou de dentro uma bandeira do Japão e uma adaga. Depois colocou a bandeira sobre os braços estendidos do companheiro e a adaga sobre a bandeira. Em seguida retirou do bolso da calça um papel e leu em língua japonesa:

"Inabatasan, o senhor faz parte de um pequeno grupo de japoneses que vem agindo em desacordo com o *Yamatodamashii*. Nós, japoneses que vivemos no Brasil, devemos ter como princípios fundamentais venerar os nossos antepassados, respeitar os idosos e, principalmente, seguir fielmente os princípios do *Yamatodamashii*. Por isso condenamos veementemente aqueles que se preocupam de forma egoísta com o enriquecimento e que fazem coro com os americanos, dizendo que o Japão perdeu a guerra. Nós devemos nos manter firmes e orgulhosos de sermos súditos do império. Milhares de pessoas morreram mantendo esse ideal. Agora, com a vitória do Japão, o destino é glorioso. Assim, em futuro próximo, reemigraremos para o Japão, para a Esfera de Coprosperidade da Grande Ásia Oriental. Para tanto, devemos estar preparados, auxiliando-nos mutuamente, excluindo o pensamento derrotista e falando unicamente a língua japonesa. O senhor traiu os nossos propósitos e desrespeitou o imperador. Por isso determinamos que o senhor deve se suicidar."

"Os senhores me acusam de traidor. Eu quero ao menos um julgamento."

"O julgamento já foi realizado."

"Em qualquer julgamento, o réu tem direito à defesa."

Haruo percebeu que os dois *tokkotai* estavam nervosos. Eles não estavam preparados para conversar.

"O senhor agiu em desacordo com o *Yamatodamashii*", disse aquele que havia lido a mensagem, somente repetindo uma parte dela.

"Eu insisto, peço um julgamento com direito à defesa. Voltem e digam isso àqueles que mandaram os senhores aqui."

"Não voltaremos sem cumprirmos a missão que nos trouxe aqui."

Hideo, então, sentiu que era hora de interferir. Ele sabia que, antes de ser pai, era súdito do imperador, e este deveria ser o seu princípio, mas, de repente, desesperou-se, e seu desespero era de pai.

"Senhores, eu também sou súdito do imperador. Mais que isso, sou membro da Shindo Renmei, e os ideais que movem as minhas ações são os mesmos que trouxeram os senhores aqui, por isso não posso pedir que aceitem o comportamento de Haruo. Eu mesmo não o aceito. Na minha própria casa ele não será mais bem-vindo. Mas peço que deixem ele partir, suplico pela sua vida, e prometo que meu filho nunca mais fará nada que viole a dignidade do povo japonês."

O *tokkotai* que mantinha a adaga sobre os braços estendidos olhou o companheiro, e seus olhos perguntavam se não deveriam considerar as palavras do pai. O outro, embora estivesse muito nervoso, conseguiu impor um olhar duro o suficiente para o primeiro entender que nenhuma decisão poderia ser alterada. Depois se dirigiu a Hideo e disse que sabia que era um grande colaborador da Shindo Renmei, que a direção se compadecia de sua situação e que compreendia por que não denunciara o filho, embora, como súdito, fosse a sua obrigação fazê-lo, que ele e o seu companheiro não tinham autoridade para mudar uma decisão que havia sido tomada na alta esfera da organização.

"Nós só fazemos o que tem que ser feito", concluiu.

Hideo deu um longo suspiro. Haruo percebeu que era inútil: os *tokkotai* haviam sido bem instruídos, eram ignorantes e determinados. Ele olhou o pai, que estava impassível em um canto da sala, caminhou lentamente em direção ao homem que segurava a bandeira e a adaga, levantou as mãos para pegá-las, mas, em vez de fazê-lo, empurrou-o com força e correu para a porta. Não cometeria *haraquiri*, não tinha feito nada de que se arrependesse ou de que se envergonhasse, não era nenhum criminoso. Morreu ainda na varanda, atingido por dois tiros disparados por dois *tokkotai* que estavam à espreita.

Ainda não contei aos meus amigos do grupo de estudos sobre marxismo que irei ao Japão trabalhar como operário

Toda sexta-feira à tarde, reunimo-nos na casa de Zé Carlos para discutir textos de Marx e sobre Marx. É naturalmente um clube do Bolinha. Café, bolinhos de chuva e Marx. Café e bolinhos de chuva me lembram um tempo remoto em que mamãe os preparava para o marido e os filhos nas tardes de domingo. Eram tardes vadias em que se aproveitava para fazer o que parecia não ser essencial: eu jogava bola na rua com o meu irmão e os meninos da vizinhança ou empinava pipas que fazíamos com papel de presente e colávamos com uma cola caseira que nós mesmos produzíamos; minha irmã chamava uma amiga para recortar gravuras de revistas velhas ou fazer vestidos para as bonecas com os retalhos de tecido que sobravam das costuras de minha mãe; *otōchan* martelava pregos em alguma prateleira indecisa ou sentava numa cadeira da sala para ouvir notícias do rádio ou músicas japonesas de uma vitrola; *okāchan* bordava flores nos guardanapos e nas toalhas de mesa, preparava o café, generosa na medida do pó — pó dos grãos que *otōchan* moía, grãos que ela mesma torrava em um velho torrador que *obāchan* lhe presenteara —, aquecia com o coração a massa de farinha de trigo, leite e ovos. Às três horas, que podiam ser quatro, porque eram mesmo tardes sem horas, mamãe nos chamava para o café com bolinhos de chuva. Marx é mais recente. Agora se encontram nas tardes de sexta-feira na cozinha do Zé Carlos, único amigo sem filhos. Nas outras casas, as crianças atrapalhariam a leitura e as discussões. É na cozinha que fica a democrática mesa de fórmica, vermelha, sugestiva, ao redor da qual nos sentamos, sobre a qual espalhamos livros e fotocópias e ideias sobre o homem e a sociedade. Quatro homens de trinta a quarenta anos que usam jeans surrados ou arcaicas calças de tergal e sandálias de borracha. Dois que fumam e incomodam os outros, que se queixam inutilmente.

A mulher de Zé Carlos, que fica afastada da cozinha, seu lugar, reinando em outros cantos da casa, fazendo o que as mulheres fazem enquanto os maridos conversam, chega no meio da tarde para preparar o café e os bolinhos de chuva. Continuamos conversando como se ela não existisse, porque ela não entenderia. Digo a Zé Carlos:

"Um dia ela vai se interessar por um outro homem e vai fugir com ele."

"Eu conheço a mulher que tenho", responde, displicentemente. "Ela me adora, morre de ciúmes de mim."

Às vezes aparece lá o professor Ribeiro, o velho professor Ribeiro da velha faculdade de história, que me empolgava com suas aulas sobre as grandes revoluções que mudaram o mundo. Hoje eu sei: esbraveja contra o governo, contra o imperialismo americano, contra o reitor e contra o chefe do departamento. Reclama do shopping center, a bruxa poderosa que enfeitiçou seus dois queridos netos. E segue assim, descontente, sisudo, porque é um bom e inocente homem, incapaz de perceber que pode ser feliz. Antes de viajar, eu o procurarei na faculdade para lhe contar que deixarei as aulas do colégio para trabalhar numa grande empresa japonesa que inventa a tecnologia que as lojas do shopping center vendem aos seus netos. E ele, a voz invariavelmente rouca e alta, protestará. Dirá que o Japão é um pequeno país triste, patético, uma ilha solitária, e que os Estados Unidos são a desgraça da sociedade moderna, mas que os americanos, esses malditos que se apossaram do nome do continente, como se os brasileiros, os nossos irmãos paraguaios, os dançarinos de tango argentinos e os colombianos leitores de Gabriel García Márquez também não fossem americanos. Esses malditos, prosseguirá, são felizes enquanto observam embevecidos os seus próprios umbigos, e os japoneses, esses não são felizes, pois vivem uma crise de identidade, uma longa adolescência de espinhas e masturbações, incapazes de odiar aqueles que os destruíram na Segunda Guerra Mundial — pois é preciso odiar para mudar o mundo. E acrescentará que os garotos japoneses, esquecidos dos avós e bisavós que morreram em Hiroshima e Nagasaki, imitam Elvis Presley nas praças de Tóquio e homenageiam Madonna ou qualquer outra loira americana quando se masturbam. Por fim, o professor Ribeiro dirá que desperdiçarei minhas ideias e em troca receberei uns trocados por um serviço que um robô faria bem melhor que eu. Mas, ao perceber que não conseguirá me convencer, me abraçará e sinceramente me desejará felicidades.

Talvez não diga nada aos meus amigos e ao professor Ribeiro e os surpreenda enviando-lhes um cartão-postal do Japão. Não sei o que lhes dizer. Não os convencerei dizendo que é mais que um trabalho de decasségui, que trabalhar como operário não é um objetivo, mas um meio, que outro não existe, e que ir ao Japão é quase um retorno, que na primeira oportunidade me desvencilharei dos sapatos, pisarei a areia branca e sentirei um contato antigo, os pés revivendo o toque, moldando-se a formas desenhadas há muitos e muitos anos e ignoradas pelo tempo, que sentarei num campo de cerejeiras brancas e permanecerei ali por uma, duas horas, que irei aos pés do monte Fuji, olharei o pico coberto de neve e o reconhecerei, que será um reencontro.

Ontem estive na casa de *ojiichan* para me despedir. Cheguei cedo. Tia Tomie me atendeu com o sorriso de atender parentes, indagou sem interesse pela resposta sobre a minha esposa e meus filhos, depois perguntou:

"E seu pai?"

Toda vez ela pergunta assim, abaixa um pouco a voz, impõe-lhe uma comiseração inspirada em sofredoras heroínas de novelas. Eu, como sempre, respondi:

"Está bem."

E ela, ainda usando o mesmo tom compungido, mas revelando alguma satisfação no canto esquerdo dos lábios, disse não entender como meu pai suportara ter sido abandonado. Lembrou que era um homem forte e bom, que os filhos deveriam cuidar da sua saúde. Há quantos anos dizia o mesmo? Depois me convidou para entrar, conduziu-me à cozinha, disse que o café ainda estava quente na garrafa térmica, e, enquanto eu sentava, já pegava um copo ainda um pouco molhado, despejava a bebida até a metade, e eu pensava que não gostava de tomar café em copo — ainda mais em copo mal enxaguado — porque café se toma em xícara de porcelana, e torcia para que o de tia Tomie tivesse mudado, pois o seu café sempre fora muito mesquinho e adocicado, e eu gosto de café forte e com pouco açúcar. Ela sentou também, eu levei o copo à boca, depois me esforcei para não desvelar o meu desgosto. Perguntei pelo tio Ichiro, pois viera cedo para me despedir dele também, para lhe dar bom-dia e ver-lhe o sorriso sincero, porque isso já era o bastante para seguir bem o dia. Ela respondeu que ele estava aplicando massagem nas costas de *ojiichan*, que logo viria, estava mesmo atrasado para ir à tinturaria. Depois perguntou se era mesmo verdade que eu iria ao Japão trabalhar como decasségui. Confirmei com um monossílabo. Então, como num lamento, disse que era uma opção para quem não tinha um bom emprego no Brasil, que sempre ouvira dizer que professor não ganhava bem, que não deveria ser assim, pois são tão importantes os professores para a formação dos jovens, mas que era, na verdade, uma profissão para mulher, pois mulher poderia trabalhar meio período e se dedicar aos filhos no outro, e que, no meu caso, devia realmente ser difícil trabalhar como professor e ter uma esposa advogada, que lhe haviam dito que era bem-sucedida, que se fosse o contrário seria melhor. Eu respirei fundo e pensei na má sorte de tio Ichiro, tantos anos casado com aquela mulher. Disse que fora me despedir de *ojiichan*, perguntei como ele estava, e tia Tomie suspirou, respondeu que estava melhor que ela, explicou que depois do falecimento de *obāchan* não saía do jardim, cuidava das orquídeas, das begônias e dos bonsais, e à noite, como não podia mais ficar no jardim, assistia aos vídeos japoneses. Ela disse que tio Ichiro levava uma sacola de filmes toda semana, e ela nem podia mais ver a novela das oito, que se os outros tios ajudassem poderia comprar um outro televisor, colocar um no quarto de *ojiichan*, e era mesmo melhor ele assistir lá, pois deixava o volume sempre alto, e quando recebiam visitas não se podia nem conversar na sala. Senti uma cócega na garganta, aproveitei para tossir — a tosse desproporcional ao leve incômodo —, mas ela esperou, depois prosseguiu, disse que tio Hitoshi e tio Hiroshi não ajudavam.

"Eu sei que Ichiro ficou com a maior parte na divisão da herança, é o filho mais velho. Mas você não sabe o trabalho que *ojiichan* dá. E *obāchan* antes de morrer? Remédios, o seguro saúde, tudo muito caro. Hitoshisan e Hiroshisan não ajudaram nada. Ichiro não reclama, diz que é obrigação dele. Eu não quero parecer mesquinha, mas só de pó de café que eu gasto... *Ojiichan* toma café o dia inteiro."

Eu esperava uma pequena brecha para dizer algo, qualquer coisa que a fizesse parar de falar, mas tia Tomie parecia nem respirar. Ela lembrou a confusão que ocorrera quando *ojiichan* vendera a casa e a loja na Conde de Sarzedas e resolvera dividir o dinheiro entre os filhos. Disse que ele fizera uma reunião, que todos tinham vindo feito abutres sobre a carne podre, até tia Emi, que morava na Bahia, ela, que nunca vinha para nada, que não viera ao casamento de Hiromi nem de Atsuko. Não sabia como ela ficara sabendo, pois para essa reunião somente os filhos homens haviam sido convidados. Tia Tomie lembrou que a cunhada chegara usando um casaco de pele, dizendo, ao descer do carro, que pensara que estava fazendo frio em São Paulo, desculpa de quem queria mostrar o casaco novo para os parentes.

"Mas ela deve ter colocado o casaco pouco antes de descer, ela não suportaria o calor dentro do carro."

Tia Tomie fez um breve silêncio, era minha oportunidade de me livrar dela, mas então eu já estava curioso. Fiquei quieto, esperando. Ela disse que todos estavam apreensivos, mas fingiam tranquilidade, até que *ojiichan* anunciou que a metade do dinheiro ficaria com tio Ichiro, pois sob sua responsabilidade ficariam ele e *obāchan*. Tia Tomie lembrou a cara de desgosto de tio Hiroshi, mas ele ficara quieto. Tio Hitoshi, sim, se exaltou, falou que era injusto, que todos eram filhos de *ojiichan*. E até tia Emi reclamou a sua parte, justo ela, que se casara com um fazendeiro e levava uma vida confortável.

"Foi uma mesquinharia", disparou tia Tomie. "Ela sabia que herança se divide só entre os homens, eu mesma não recebi nada de meu pai... A Emichan sempre foi tão boazinha, sempre cheia de boas intenções, e olhe só que decepção. A gente não conhece mesmo as pessoas, só quando acontece alguma coisa assim, elas se revelam. Ainda bem que eu fiz questão de participar da reunião, eu não iria deixar o tonto do Ichiro decidir as coisas sozinho, ele quase abriu mão de seus direitos. E depois? Como iria pagar os remédios de *obāchan*, o seu seguro de saúde?"

Levantei — se permanecesse não suportaria me manter calado —, então ela parou de falar. Dei um suspiro, que não tentei disfarçar. Pedi permissão para ir ao quarto, aproveitaria para conversar com os dois enquanto tio Ichiro fizesse a sua massagem em *ojiichan*. Vi o seu desapontamento, ela ainda queria os meus ouvidos para continuar despejando neles as suas idiossincrasias.

Tia Tomie me acompanhou, abriu a porta do quarto, disse um "olha só quem está aqui" e se retirou. *Ojiichan* estava deitado de bruços sobre a cama, o rosto virado para a porta, e então ele só ergueu um pouco os olhos, sorriu, as linhas impressas pelo tempo abrindo-se em sulcos maiores, os dentes amarelados surgindo entre os lábios ressequidos. Os polegares de tio Ichiro interromperam a pressão que faziam nos pés de *ojiichan*. Ele limpou as mãos numa toalha úmida, foi sorridente em minha direção. Sua mão segurou a minha com força e, enquanto falava, não a largava. Por sua causa, eu pensava que essa atitude — segurar por muito tempo a mão de quem se cumprimenta — indicava sinceridade e calor humano. Perguntou, como perguntara tia Tomie, pelo meu pai, pela minha esposa e pelos meus filhos, e eu não respondi que estavam bem como respondera à tia. Disse que meu pai ainda se recusava a morar com um dos filhos, que preferia ficar sozinho e não incomodar os outros, como se os filhos fossem outros, como se um pai pudesse incomodar os filhos; que Daniela abrira o seu próprio escritório de advocacia, agora não tinha mais patrão, que estava ansiosa, receosa, cheia de esperanças; que Pedro Hideki estava treinando numa escolinha de futebol com um ex-jogador do Palmeiras, que toda vez que fazia um gol ou perdia um gol seus olhos me buscavam, procuravam a minha vibração, o meu apoio, a minha compreensão; que Maria Hisae já sabia ler e escrever, que no Dia dos Pais escrevera um cartão para mim. Ele falou do tempo, alguns clichês, que não o via mais passar, que as crianças cresciam muito rápido, depois retornou à cama, voltou à massagem. Pressionava um pé de *ojiichan*, explicava que tratava de seu fígado, o pé parecendo uma grande semente, e outra forma não poderia ter, pois o pé é a base, o pé é a origem, e eu lembrava os mesmos polegares na região posterior da minha cabeça, ao lado das orelhas, a pressão companheira, mensageira, melhor que qualquer analgésico, e depois o alívio, a alegria de me sentir bem. Tio Ichiro perguntou sobre a minha viagem ao Japão, se eu tinha certeza de que era o que queria, porque era difícil para alguém com diploma universitário trabalhar em um serviço pesado, em chão de fábrica. Eu disse que sim, que não era uma decisão precipitada, que ele me conhecia, eu era um homem previdente, e de outro modo não poderia agir, pois tinha uma mulher e dois filhos. E conversamos quase meia hora, *ojiichan* em silêncio, capturando as nossas palavras, pois se tornara um observador, cansava-se ao falar. De vez em quando tossia.

Depois — tio Ichiro já tinha ido trabalhar na tinturaria, havia se despedido com um forte aperto de mão, a esquerda cobrindo as duas entrelaçadas, um reforço para o que significava a atitude, e palavras de incentivo, que eu não me descuidasse da saúde, pois quando se perde a saúde se perde o ânimo para o trabalho, se perdem as esperanças, que fosse persistente, que me mostrasse empenhado e disciplinado, que era disso que os japoneses gostavam — *ojiichan* e eu estávamos na varanda que havia nos fundos da casa, diante de uma bancada de madeira, onde um bonsai jovem de fícus aguardava pacientemente, ao lado de arames e alicates, as suas mãos habilidosas. Ao lado havia um bonsai de azaleia já bem formado no seu melhor estilo *neagari*, preso à pequena bandeja de cerâmica através de raízes imponentes, que exibiam com orgulho as suas rugas e diziam que seguiriam por mais uma centena de anos sugando a seiva da terra para alimentar aquela planta.

"*Ojiichan*, quer que eu lhe envie alguma coisa do Nihon?"

"O que eu posso querer do Nihon?"

"É *furusato* de *ojiichan*."

Ele levantou os olhos.

"*Furusato*... a minha terra natal não existe mais."

Ficou alguns instantes em silêncio, talvez buscando no passado o *furusato* que julgava perdido para sempre. Depois disse que o Japão perdera a Segunda Guerra Mundial, o imperador se humilhara diante dos Estados Unidos, assumira a sua identidade de homem comum e negara a sua origem divina, e ele, Hideo Inabata, nunca mais tivera um chão firme sob os pés. Quarenta anos tinham se passado e ainda lhe doía a rendição japonesa, as bombas de Hiroshima e Nagasaki o haviam mutilado de alguma maneira, e o que perdera ainda lhe fazia falta. Era algo essencial, uma perna que, mesmo ausente, às vezes ainda sentia no espaço que ficara desabitado. Quando tentava andar, dava-se conta do vazio. Eu disse que as coisas mudam, que o mundo muda, que era bom e necessário que fosse assim. Mas a essência das coisas não deveria mudar, retrucou *ojiichan*. Não desisti: o Japão sobrevivera à guerra e surpreendera o mundo como uma grande fênix, tornara-se um país moderno, industrializado, referência para os demais. E, antes que ele desenvolvesse mais alguma ideia negativa, eu disse:

"Já sei, eu vou lhe mandar uma fita de vídeo do Murata Hideo. É o seu cantor predileto, não é?"

Ojiichan sorriu, e eu disse a mim mesmo que às vezes sabia fazer a coisa certa. Sorri também. Perguntei-lhe se já havia visto Murata Hideo alguma vez em vídeo, e ele respondeu que não, explicou que só o tinha visto em algumas fotografias, que na locadora onde tio Ichiro locava as fitas não havia nenhuma do cantor. Eu lhe falei que ele agora o veria se movimentando num palco, mexendo os lábios para cantar, veria se tinha algum tique nervoso, quem sabe piscasse sem parar, e enquanto eu falava ele sorria mais, quase ria.

Após a rigorosa poda — eu vi as mãos trêmulas adquirirem firmeza, a direita segurando o alicate, a esquerda, o galho, ambas convictas do corte, orgulhosas do destino que comandavam —, *ojiichan* enrolou cuidadosamente um galho com arame de cobre, depois o entortou no meio, retificou-o na extremidade, deu-lhe a feição que queria, apontou à árvore o modo como deveria se desenvolver. Eu lhe perguntei se ele sabia como a árvore seria em dez, quinze anos, e *ojiichan* respondeu simplesmente que havia a natureza. Foi o que aprendera. Pensei em tio Haruo, em como se desenvolvera se esquivando de alicates e arames e se tornara uma árvore livre, exuberante, ceifada, finalmente, por duas balas de *tokkotai*. Então disse que havia ido ao cemitério na semana anterior visitar o seu túmulo e o de *obāchan*, comentei que eles estavam limpos, que, aliás, sempre estavam limpos, e *ojiichan* então contou que pedia a tio Ichiro para pagar a uma mulher para que ela lavasse os túmulos a cada quinze dias. Fiquei calado, queria ouvi-lo mais, queria que se libertasse através da palavra, mas que fosse seu o verbo. Por isso não fiz perguntas.

"Haruo era um bom menino", começou ele, e era uma conclusão.

Fez uma pequena pausa, depois prosseguiu. Disse que gostaria de ter tido tempo para lhe dizer isso e outras coisas, para lhe dizer que ainda na época do pós-guerra tinha um medo que não conseguia assumir, uma ideia que às vezes o atormentava, mas que não se configurava totalmente porque não permitia, porque pensava logo em outras coisas para não pensar naquilo: que ele, Haruo, e outros *makegumi* talvez tivessem razão. Disse que às vezes tinha raiva do filho por não ter preservado a vida, que se tivesse se escondido em um lugar mais seguro ainda estaria vivo, e ele, que era pai, teria tido a chance de compreender o filho e lhe dizer que o compreendia, teria tido a chance de compreender os próprios erros e reconhecê-los diante dele. Disse que o xingava de estúpido, mas sabia que era uma forma de transferir a culpa, que culpado se sentia ele, que não conseguira compreender a tempo que vivia uma grande ilusão, que era cúmplice das ideias que tinham matado Haruo, então era cúmplice dos *tokkotai* que o assassinaram. Falou dos tiros que ouviu na fatídica noite: eles o atingiram como se as balas tivessem se alojado em seu próprio peito. Lembrou-se de que correra para a porta, segurara o filho caído nos braços e gritara o seu nome enquanto os *kachigumi* fugiam. Disse que um pesadelo o atormentara por longos anos: era seu o dedo que apertava o gatilho do revólver.

Ojiichan se calou. Percebi que ele dissera o que desejava dizer, e de mim não queria palavras, somente os ouvidos para ouvir, e depois o olhar. Então o olhei com os olhos de compreender.

Ele prosseguiu: depois da morte de Haruo, nada lhe interessava mais. Não tinha mais vontade de ir ao estádio ver os jogos de beisebol, custava-lhe levantar cedo para abrir a loja da Conde de Sarzedas, o missoshiro de *obāchan* perdera o sabor. Não ia mais às reuniões da Shindo Renmei. Quando houve o reconhecimento geral de que o Japão realmente se rendera e todos os *kachigumi* foram desmoralizados, pensou que a vida perdera todo o sentido. A morte de Haruo se tornara um fardo ainda maior, e acreditava que seria impossível carregá-la. Mas os dias se passaram, assim também as semanas, os meses, e as pequenas alegrias voltaram. Lembrou-se de um dia: retornava de uma viagem ao Nordeste, onde passara quase uma semana com Hitoshi à procura de artesanato para a loja que o filho abriria no Brás, e sentiu, ao chegar à porta de sua casa, o aroma de missoshiro que *obāchan* preparava. Tantos dias sem comer *shirogohan*, *tsukemono*, legumes temperados com shoyu, tantos dias sem tomar missoshiro... O simples aroma o emocionara. Sentira-se feliz.

Ojiichan deu o assunto por encerrado, retomou o trabalho com o bonsai que havia interrompido. Depois perguntou sobre a minha viagem. Falei de inconcretudes, que o palpável e o visível ele já ouvira durante a massagem. Disse-lhe que o ato era ida, mas tinha para mim um modo de retorno. Que às vezes, sem hora certa, nas produtivas situações antes do sono, a mulher adormecida ao lado, diante do semáforo vermelho, alheio à pressa e ao desassossego dos outros, nas caminhadas vespertinas no parque, as imagens do Japão distante não eram hipóteses, sensações inéditas, mas lembranças, pedaços de uma sinuosa estrada secular, em cujas margens eu reconhecia as pedras e os arbustos. Que ouvia sempre Pinkara Kyōdai e Misora Hibari, e as canções localizavam em mim um homem antigo, adormecido em outras situações, que despertava para se sentir curiosamente feliz, mesmo quando as lágrimas vinham. Era esse o homem que eu iria procurar no Japão. *Ojiichan* ergueu os olhos cansados, quase sem brilho, e disse em palavras nuas que o Brasil era a minha terra. Eu não contestei, somente entendi que *ojiichan* gostava de mim, que ele não queria para o neto a sua experiência do desterro. Por isso lhe disse que os tempos eram outros, que eu iria e voltaria sem as dificuldades de outrora.

Ele se cansou, convidou-me para o banco do jardim. Sentamos sob o sol morno e acolhedor da manhã, observamos as orquídeas e as begônias floridas. Eu disse que estavam mais bonitas que na época em que *obāchan* tratava delas, e que ela me perdoasse por dizer o que dizia. Comentei sobre um bonsai de primavera que estava florido: que comunhão entre a natureza, o tempo e as mãos humanas produzira aquele fenômeno? *Ojiichan*, os olhos fixos no bonsai, falou de minha mãe, disse que ela gostava de flores, que nunca mais a vira, e eu estranhei que estivesse falando assim. Perguntei-lhe por que se lembrava dela; ele respondeu que lembrava todos os dias. A voz lhe saiu como um martelo, e por isso, depois, ela já não era mais pesada. Sem o esforço de antes, disse que *obāchan*, no hospital, antes de morrer, quis ver a filha, e a filha de que falava era a Sumie jovem, era dela que se lembrava. Ele, então, pediu para tio Ichiro ir buscá-la, pois não poderia negar um pedido à mulher moribunda, mas não esperou para vê-la. Ficou em casa aquele dia e só voltou ao hospital quando teve certeza de que minha mãe já tinha ido embora. Depois, retornando ao que dissera antes, como se completasse uma frase incompleta, repetiu:

"Todos os dias."

E assim seria sempre. O tempo só existe porque se fazem coisas, umas após outras, e elas, quando são evocadas, surgem em novas realidades, e então não são as mesmas. *Ojiichan* sabia. E eu. O passado agora habitava outro espaço, surgia para justificar o presente, era reconstruído, e não se necessitava ter restauradores, que eles são rigorosos, preocupam-se com milímetros e cores exatas. O tempo é atemporal.

Fiquei calado, sem nenhuma pressa para interromper o silêncio, que era uma ausência necessária para que as lembranças e as aflições pudessem povoar os nossos desvãos. Ficamos assim, órfãos voluntários do nosso vínculo, em calada que se fazia prenhe, por isso preservada. Evitávamos mesmo o movimento dos braços, das pernas, e eu bendizia a manhã tranquila, a brisa suave e cúmplice, a quase inércia dos galhos frágeis do chorão do vizinho que caíam sobre o quintal onde estávamos. Para aquele momento a natureza se fizera. Quem nos visse, talvez tia Tomie, que tinha o costume, todos os parentes sabiam, de ouvir atrás das portas e espionar protegida por cortinas, pensaria em algum constrangimento, alguma frase indevida a provocar aquele quadro de torpor. Eu sabia, e sabia que *ojiichan* também sabia, que não era torpor, era antes uma sensibilidade compartilhada, um silêncio povoado. Minha mãe estava ali, de algum modo, vendendo porcelanas e hashis de bambu no bazar da rua Conde de Sarzedas, preparando bolinhos de chuva nas tardes de domingo, partindo numa madrugada escura e retornando mais de uma década depois. Por fim rompi o silêncio:

"Eu sei onde ela mora."

"Eu também sei."

Levantei, coloquei a mão no seu ombro, e ele entendeu que poderia continuar sentado. Eu disse que precisava passar no escritório da agência que intermediava o meu emprego no Japão para acertar alguns detalhes. Não falei do cigarro, do café. Disse *"sayōnara"* e segui em direção ao portão.

A marca FSC® é a garantia de que
a madeira utilizada na fabricação
do papel deste livro provém de
florestas gerenciadas de maneira
ambientalmente correta, socialmente
justa e economicamente viável e de
outras fontes de origem controlada.

Copyright © 2011, 2025 Oscar Nakasato
Publicado mediante acordo com LVB&Co. Agência Literária

Todos os direitos reservados. Nenhuma parte desta obra pode ser reproduzida, arquivada ou transmitida de nenhuma forma ou por nenhum meio sem a permissão expressa e por escrito da Editora Fósforo.

DIRETORAS EDITORIAIS Fernanda Diamant e Rita Mattar
EDITORA Eloah Pina
ASSISTENTE EDITORIAL Millena Machado
REVISÃO Renato Ritto e Andrea Souzedo
DIRETORA DE ARTE Julia Monteiro
CAPA Denise Yui
IMAGEM DA CAPA Arthur Ortega une
PROJETO GRÁFICO Alles Blau
EDITORAÇÃO ELETRÔNICA Página Viva

CIP-BRASIL. CATALOGAÇÃO NA PUBLICAÇÃO
SINDICATO NACIONAL DOS EDITORES DE LIVROS, RJ

N154n

Nakasato, Oscar, 1963-
　Nihonjin / Oscar Nakasato. — 1. ed. — São Paulo : Fósforo, 2025.
　144 pp. ; 13,5 × 20 cm.

　ISBN: 978-65-6000-074-2

　1. Imigrantes — Japão — Ficção. 2. Brasil — Emigração e imigração — Ficção. 3. Ficção brasileira. I. Título.

24-95082
CDD: 869.3
CDU: 82-3(81)

Meri Gleice Rodrigues de Souza — Bibliotecária — CRB-7/6439

1ª edição
2ª reimpressão, 2025

Editora Fósforo
Rua 24 de Maio, 270/276
10º andar, salas 1 e 2 — República
01041-001 — São Paulo, SP, Brasil
Tel: (11) 3224.2055
contato@fosforoeditora.com.br
www.fosforoeditora.com.br

Este livro foi composto em GT Alpina e
GT Flexa e impresso pela Ipsis em papel
Golden Paper 80 g/m² para a Editora
Fósforo em julho de 2025.